Wenn man Erinnerungen aus früherer Zeit
aufzeichnen will, merkt man erst, wie wenig des Erlebten man behalten hat. Es ist
einem zumute, als durchflöge man ein Nebelmeer, in dem nur hin u. wieder einzelne
sehr dunkle verschwimmen, meistens das dazwischenliegende nur in undeutlichen Bildern
sichtbar wird.

Wenn ich trotzdem versuche, längst verklungene Tage unterstehen zu lassen, so ist es
die Liebe zu einfachen Menschen u. einfachen
Verhältnissen, die Liebe zu Natur u. Land,
die mich, der seit Jahrzehnten in den Steinen
der Großstadt verschüttet, zeitlebens nicht verlassen hat u. mich drängt, von den Menschen meiner
Heimat u. ihrer Welt zu erzählen u. ihre Landschaft zu lobpreisen.

S., den 7. Dezember 1970.

Erinnerungen aus meiner Jugendzeit.

Wenn man Erinnerungen aus früherer Zeit aufzeichnen will, ermisst man erst, wie wenig des Erlebten man behalten hat. Es ist einem zumute, als durchflöge man ein Nebelmeer, in dem nur hin und wieder einzelne feste Punkte auftauchen, während das Dazwischenliegende nur in undeutlichen Bildern sichtbar wird.

Wenn ich trotzdem versuche, längst verklungene Tage auferstehen zu lassen, so ist es die Liebe zu einfachen Menschen und einfachen Verhältnissen, die Liebe zu Natur und Land, die mich, den seit Jahrzehnten in den Steinen der Großstadt verschütteten, zeitlebens nicht verlassen hat und mich drängt, von den Menschen meiner Heimat und ihrer Welt zu erzählen und ihre Landschaft zu lobpreisen.

München 7.12.1941

August Trautner

Kindheit und Jugend in Haag

Meine Erinnerungen
1880-1890

Impressum

Bibliografische Information der Deutschen Nationalbibliothek
Die Deutsche Nationalbibliothek verzeichnet diese Publikation
in der Deutschen Nationalbibliografie; detaillierte bibliografische Daten sind im Internet über http://dnb.dnb.de abrufbar.

1.Auflage Oktober 2022

© 2022 Herbert Fröschl
✉ h.froeschl@web.de

Herstellung und Verlag
BoD - Books on Demand, Norderstedt

ISBN: 978-3-7568-3591-1

Zu diesem Buch

Mein Großvater August Trautner wurde am 6.12.1876 in Haag (Obb.) als 7.Kind des Kaminkehrermeisters und Bürgermeisters Johann Trautner geboren. Er besuchte das Lehrerseminar in Freising und trat im Jahr 1894 seine Stelle als Hilfslehrer in Neukirchen bei Teisendorf an. Nach 1 Jahr wechselte er nach Rieden bei Wasserburg und ein weiteres Jahr später an die Münchner Schwindschule. *Im Jahr 1899 schließlich landete er an der neugebauten Dom-Pedro-Schule in München, der er – mit Unter-brechungen - bis zu seiner Pensionierung im Jahr 1939 treu blieb. In München lernte er auch die Lehrerin Anna Roth kennen, die er 1914 heiratete.*

Die beiden Söhne fielen im 2. Weltkrieg, eine Tochter lebt heute in den USA. Die zweite Tochter, meine Mutter, blieb in der Wohnung im Münchner Stadtteil Neuhausen, während August Trautner sich mit seiner Gattin in seinen Heimatort Haag zurückzog und dort Zeit fand, seine Jugenderinnerungen aufzuschreiben. Die Wohnung, die die Familie Trautner 1931 angemietet hatte, wurde erst 1999 aufgegeben.

August Trautner starb in Haag am 29.6.1963.

Die vorliegenden Schriften wurden von AT ausnahmslos in Sütterlin-Schrift in DIN-A5-Schulheften niederge- schrieben und mit eigenen kleinen Zeichnungen liebevoll. illustriert. Die Sütterlin-Schrift ist nur mehr der älteren Generation geläufig und die Hefte somit in absehbarer Zeit quasi nicht mehr lesbar. Über die einfache Umset- zung in eine für die Allgemeinheit verständliche Schrift hinaus verbinde ich jedoch noch weitere Wünsche und Ziele: Alle interessierten mögen einen Einblick gewinnen in das Bild des Menschen AT, das er uns hinterlassen hat, um damit einem Ahnen aus einer entfernten Generation ein wenig näherzukommen. Sie sollen aber auch die Le- bensweise, das Umfeld und die Einstellung der Menschen der damaligen Zeit begreifen und reflektieren lernen. Die mehr als 100 Jahre, die seit der Kindheit von AT vergan- gen sind, sind vielleicht die 100 Jahre mit den meisten Veränderungen, was die Evolution, die Forschung und Entwicklung und damit auch direkt die Lebensumstände jedes einzelnen betrifft. In der Kindheit von AT hielt das Telefon nur sehr langsam Einzug in die Haushalte und es gab es weder Schallplatten noch Radio. Musik, die man hören wollte, musste man selbst erzeugen oder sich auf das sehr eingeschränkte Spektrum an „Live"-Musik be- schränken, das im nahen Umkreis angeboten wurde. Als Fortbewegungsmittel gab es immer noch die gute alte Postkutsche, das Auto war noch nicht erfunden, beim Fahrrad war man gerade zögerlich dabei, vom Hochrad auf das Niederrad umzusteigen, die Kettenübersetzung und der Freilauf mussten dafür mühsam erfunden werden. Lediglich die Eisenbahn fuhr schon auf denselben Gleisen wie heute, allerdings dampfend und deutlich langsamer. All das ist erst 100 Jahre her, ein so überschaubarer Zeit- raum, dass der Herausgeber als kleiner Knirps den Autor dieser Erinnerungen noch kennenlernen konnte.

Noch ein Wort zur Orthographie!

Der Leser aus dem angehenden 21. Jahrhundert wird mit Recht auf die aktuelle, chaotisch anmutende Situation verweisen. Die große Rechtschreibreform ist und bleibt umstritten und eine von allen akzeptierte Regelung ist nicht in Sicht.

Auch wenn es unglaublich erscheint, die Situation am Ende des 19. Jahrhunderts war noch chaotischer: Schon in der ersten Hälfte des Jahrhunderts gab es im Rahmen des deutschen Einheitsgedankens deutliche Bestrebungen, auch eine einheitliche Schreibweise zu definieren. Die Vorstellungen darüber gingen teilweise weit über das heute übliche Regelwerk hinaus. So war das „ss" statt „ß", das „t" statt „th", aber vor allem der Wegfall des Dehnungsvokals („war" statt "wahr") ein Vorschlag, der allerorts zu heftigen Diskussionen führte.

Im Jahre 1879 tagte die Erste Orthographische Konferenz, in der über diese Punkte heftig debattiert wurde und ein umfangreiches Empfehlungswerk verabschiedet wurde. Dieses wurde (nicht zuletzt durch Preußen unter Kaiser Wilhelm I.) vehement abgelehnt und die Länder führten daraufhin eigene abgeschwächte Rechtschreibregeln ein. So war in Bayern der Thron ohne „h" zu schreiben, was viele boykottierten, mein Großvater aber anscheinend konsequent umgesetzt hat.

Erst im Jahre 1902 wurde endlich eine deutschlandweit gültige Reform verabschiedet, die sich im Prinzip bis vor kurzem so gehalten hat. Dabei blieb man beim „ß", die Dehnungslaute verblieben fast vollständig, nur das „h" hinterm „t" verschwand größtenteils.

Unter diesem Gesichtspunkt erscheint es müßig, eine Schreibweise vorzustellen, die allen Bedürfnissen des vorliegenden Buches gerecht wird. Ich habe mich deshalb für einen Kompromiss entschieden. Bei immer wiederkeh-

renden Grundformen wie „muss" oder „dass" habe ich mich schließlich dem hartnäckigen Reformstreben meines Computers gebeugt und sie in die heute übliche Schreibweise umgesetzt. Viele einzelne Worte aber wie z.B. Tron habe ich in der Originalversion belassen, damit der Leser auch über den damaligen Umgang mit der Schrift und Sprache ein authentisches Bild bekommen möge.

Wenn beim Lesen dieser Schriften letztendlich ein Teil der erwähnten Gedanken den Leser begleitet und darüber hinaus auch noch Freude am Inhalt den Leser durch die vielen Seiten treibt, so wäre das der beste Lohn für die Mühe, die ich die letzten Monate sehr gerne auf mich genommen habe.

In diesem Sinne wünsche ich allen Lesern ein vergnügliches Eintauchen in unsere Geschichte.

Herbert Fröschl

Enkel und Herausgeber

Tal der Kindheit

Erinnerungen
aus meiner Jugendzeit

Inhalt

Das Elternhaus

Abb. 1: Elternhaus von Osten

Mein Elternhaus sah außen und innen recht einfach aus mit seinen gekalkten Wänden, grünen Türen und seinem ziegelsteingepflasterten Hausgang. Es mangelte alle die bequemen Dinge des Lebens, vom elektrischen Licht bis zur Badestube, dafür aber war es geräumig und gewährte Platz genug für unsere zahlreiche Familie und seine sonstige Hausgenossenschaft. Vor allem stand es hoch oben mitten im Sonnenlicht des Schlossberges umgeben von grünen Gärten und Büschen und es stand allein und frei, nicht eingeengt und eingezwängt von den Ellenbogen unbequemer Nachbarn wie die Häuser drunten im Markt. Es hatte Luft zum Atmen und bot eine weite Sicht in ein herrliches, fruchtbares Bauernland hinein bis hin zum blauen Gebirge.

Verschiedene Räume und Dinge darin sind mir in deutlicher Erinnerung geblieben, weil sie die Gefühlswelt meiner Kindheit tief berührten. Im ersten Stock, über der Wohnstube, lag das sogenannte „Schöne Zimmer", das, zur Repräsentation bestimmt, sich uns Kindern nur bei besonderen Anlässen öffnete, bei hohen Besuchen und an den Weihnachtstagen. Es war dasjenige Gemach, wo aller Glanz und Prunk des Hauses angesammelt war. Wir verlangten außerhalb dieser Zeit gar nicht danach und fühlten uns beengt und unfrei darin, wie einer, der sich im Grase kugeln möchte, aber auf sein schönes Gewand Rücksicht nehmen muss. Dieses „Schöne Zimmer" bewahrte die besten Möbelstücke meiner Eltern, zwei braune Kirschbaumkommoden mit riesigen Glasglocken über einem gipsernen Christus und einer ebensolchen Madonna, einen ewig wackelnden ovalen Tisch, geschnitzte Plüsch-Polsterstühle mit dem dazu passenden geschweiften Sofa, über dem ein großer goldgerahmter Spiegel prangte. In der Fensterecke lehnte ein kleines dreibeiniges Tischchen, das bei jeder Erschütterung umzukippen drohte, obwohl es eine pompöse Vase mit einem Strauß von getrockneten und gefärbten Gräsern, ein Markart-Bukett zu präsentieren hatte.

Als Glanzstück aber prunkte ein Glasschrank, der die Kostbarkeiten, die meine Mutter aus dem elterlichen Goldwarengeschäft in Rosenheim mitgebracht hatte, zur Schau stellte, Schmuckgegenstände, silberne Bestecke, vergoldete Geschirre und dergleichen. Auch einige merkwürdige Gegenstände befanden sich darin, so ein kunstvoll aus Glasperlen und menschlichem Haar geflochtenes Schmuckband und ein gläserner Lampenschirm, dessen Hals eine rote Schlange umringelte, wie der Teufel den Baum des Paradieses. Den Bretterboden hatte der Malermeister und Gemeindediener Kraus unter Mithilfe seiner dicken Frau mit einem geometrischen Sternenmuster bemalt. Ich sehe sie noch vor mir, die beiden, wie sie am

Boden kniend mit einem Lineal und einem fingerdicken Bleistift maßten und hantierten, so liebevoll und gewissenhaft, als gelte es, ein unsterbliches Kunstwerk zu schaffen.

An den tapezierten Wänden hingen in Öl gemalte Jugendbildnisse meiner Eltern und zwei Landschaften, von denen die eine die Gesamtansicht von Haag mit dem Gebirgshintergrund, die andere unser Haus mit dem Schlossturm darstellte. Sie stammten von dem „Kunstmaler" Gänsberger und waren so unbeholfen ausgeführt, dass sie selbst meinen ungeschulten Knabenaugen missfielen. Wahrscheinlich hatte sie der Vater nur wegen ihres Inhaltes und aus Mitleid mit dem armen „Künstler" erworben.

Zwischen dem „Schönen Zimmer" und unserer Schlafstube führte die Bodentreppe hinauf ins dunkle Maul des Dachraumes. Sie war für mich bis in die ersten Schuljahre hinein eine unbehagliche Angelegenheit. Rätselhafte und geheimnisvolle, flüsternde und raunende Stimmen gingen von ihr aus, die in unserem still und einsam gelegenen Landhaus besonders deutlich wahrnehmbar waren. Oft hörten wir sie, schon im Halbschlaf liegend, seufzen und stöhnen und ächzen wie einen Schwerkranken oder von schweren Träumen und Gewissensbissen Geplagten. Dann wieder glaubten wir, schwebende Tritte zu erlauschen, die höher kletterten und in den Winkeln des Dachbodens sich verloren. Diese Geräusche bereiteten uns Kindern manches Mal angstvolle Stunden, aber niemals konnten wir ihre Ursache ergründen.

Ebenso war die Rußkammer, die im rückwärtigen Teil des Erdgeschosses gegen den Garten zu gelegen war, ein

Abb. 2: Das Rußkammerl

Raum, den ich immer nur mit gelindem Gruseln betrat. Sie war die Gerätekammer unserer Gehilfen und enthielt die Werkzeuge für das ehrsame Kaminkehrergewerbe. Schwarze Leitern und Seile, runde Besen mit langen biegsamen Drahtstielen, blanke Scharreisen zum Abkratzen des Kaminpeches und die unheimlichen verrußten Kaminkehrermonturen.

Sie waren am Knie und am Rücken zwecks besserer Haltbarkeit mit Leim bestrichen und mit Sand bestreut, falteten sich infolgedessen im Hängen nicht zusammen, sondern starrten rund und ausgefüllt, als stecke wirklich ein Mensch darin, von den geschwärzten Wänden. Im Zwielicht der düsteren Kammer erschienen sie mir mit ihren verbeulten Zylindern wie leibhaftige Gehenkte und ich konnte mich der Vorstellung nicht ganz erwehren, als befände ich mich in einer mittelalterlichen Folterkammer, wo Gerichtete mit verzerrten Gesichtern und bleckenden Zungen zu mir heruntergrinsten.

Von hier aus führte die hintere Haustüre in den Garten. Sie stand tagsüber meistens offen und war die gegebene Gelegenheit für Diebe und Einschleicher. Dieser Umstand machte uns den Aufenthalt in der Rußkammer noch ungemütlicher und es wurde geradezu als eine Heldentat angesehen, wenn eins von uns Kindern es wagte, bei Dunkelheit mit dem Kerzenlicht in der zittrigen Hand einen Korb von hier aufgeschichtetem Kleinholz zu holen.

Um die Julizeit herum da allerdings erfuhr sie eine kleine Verwandlung nach der idyllischen Seite hin. Es bezogen acht bis zehn junge Gickerl ihr Quartier in der Hühnersteige des Raumes. Schon ihr bloßes lebendiges Anwesendsein, ihre Krähversuche und der Hühnerstallgeruch, den sie verbreiteten, nahmen dann der dunklen Kammer das Unheimliche und rückten sie in das Licht des Genusses und der frohen Lebensbejahung. Denn, nach 4 – 5 Wochen reichlicher Fütterung mit Milchbrocken waren sie gottlob reif für die Bratpfanne.

Mir waren sie liebe Hausgenossen und ich bangte um sie in den Tagen, da eins nach dem anderen den Weg zum Schafott antreten musste. Es war so unterhaltend, ihnen zuzuschauen, wenn sie bei der Fütterung ihre Köpfe zwischen den Sprossen der Steige herausstreckten und mit ruckartigen Bewegungen und harten Schnabelhieben die hastigen Bissen herauspickten bis zum letzten Bröserl und ich freute mich, wenn ihre schüchternen und halb erstickten Kikeriki-Rufe mich frühmorgens aus dem Schlafe weckten. Nie verließ ich das Haus, ohne vorher nachgesehen zu haben, ob sie denn noch kein Ei gelegt hätten.

Mein Bruder Pepi trieb sein besonderes Spiel mit ihnen und bereitete ihnen manche Tantalusqualen. Er rückte die Futterrinne so weit weg von der Steige, dass die armen Gefangenen sie kaum mehr erreichen konnten und nun die absonderlichsten und wunderlichsten Bewegungen und Verrenkungen der Köpfe und Beine anstellten, um ihre Fressgier befriedigen zu können. Oder er band einen Brocken an einem Bindfaden fest und riss ihn dem dummen Gickerl just in dem Augenblick wieder aus dem Schnabel, als es sich anschickte, den köstlichen Braten zu verschlucken. Dann zuckte es seinen rotbekämmten Kopf, schaute furchtbar dumm und verdutzt, als wollte es sagen: Nanu, sind denn heute die Milchbrocken verhext?

Unser kleiner Garten wurde auf der einen Schmalseite vom Haus, auf der anderen von einer mit Lattenwänden abgeschlossenen Holzlege begrenzt. Dicke meterlange Fichtenscheiter, aus deren Rinde wir uns niedliche Schifflein schnitzten, lagen hier aufgeschichtet und von Zeit zu Zeit kam der alte Kiermeier mit Säge und Beil und zersägte und spaltete sie zu Kleinholz, wie es der Küchenherd und der Ofen im Wohnzimmer verlangte. Die Holzlege stand mit ihrer Längsachse rechtwinklig gegen den Hang, so dass ihr schiefes Bretterdach bergwärts dem Erdboden sehr nahekam und unter Ausnutzung des Gartenzauns leicht bestiegen werden konnte. Ein großer Holunderstrauch vom angrenzenden Hofgarten überwölbte den oberen Teil des Daches und bildete eine herrliche grüne Laube. Hier errichteten wir, mein jüngster Bruder Rudi und ich, uns ein heimliches Reich. Von seiner Höhe aus konnten wir auf die Welt der Großen herabsehen wie weiland die Grafen von Haag von ihrem Schlossturm, konnten die vorüberkommenden Menschen und Tiere und

Fuhrwerke beobachten und waren selbst ihren Blicken verborgen. Wir konnten die kleine Welt um uns in Ruhe betrachten, in die Dachrinne vom anschließenden erdgeschossigen Häusel der Maierhoferin schauen, wohin die Pflaumen- und Zwetschkenbäume vom Hofgarten ihre blaubestaubten Früchte schüttelten, die wir mühselig herausangelten. Oder wir lugten scheu und vorsichtig in das heimelige Nest eines Finkenpaares in einer Astgabel des Holunderstrauches, wo kleine bläuliche Eierchen darin lagen und später ein lebendiger Flaumknäuel, der nach allen Seiten hin seine gelben Schnäbel aufsperrte, wenn die Vogelmutter angeflogen kam. Wir konnten die Ameisen beobachten, die an den Zweigen heraufkletterten und über die Blattläuse sich hermachten, die in großen Kolonien sich angesiedelt hatten auf dem Laub unseres schattigen Daches.

An warmen Sommertagen saßen wir oft stundenlang da oben in dem grünen Zelt, schafften Gras hinauf, um uns ein weiches Lager vorzutäuschen und nahmen sogar Bilderbücher und Spielzeug mit hinauf in unsere luftige Burg. Viele Jahre blieben wir ihr treu, bis dann das Älterwerden unseren Spielkreis auf die weitere Umgebung unseres Hauses ausdehnte, Diese Umwelt war als Spiel- und Tummelplatz ein unausschöpfbares Reich der Lust und Freude, ein Paradies für kindliches Tun und Treiben.

Am Schlossberg grünten sonnige Hänge, wo im März schon die ersten Veilchen blühten, unter den säumenden Hecken und Büschen am Hofgarten boten die Kronen der 100-jährigen Linden und Ahorne Gelegenheiten zu verwegenen Kletterkünsten und im Gründnergarten beim Schloßsimmerl sowie bei der Brunnerin leuchteten im Frühling die weißen Blütensträuße vieler Obstbäume, die uns im Herbst ihren begehrten Segen ohne Entgelt in den Schoss warfen. Die halbverfallenen Mauern der einstmals umfangreichen Feste der Grafen von Haag bargen stilles Gewinkel, heimliche Verstecke und verborgene Schleichpfade genug für unsere kriegerischen Unternehmungen.

Über allem wachte als getreuer Schildknappe der Alte vom Berge, der blockige Schlossturm, der heute noch den ganzen Umkreis beherrschend als Wahrzeichen von Haag und seiner Umgebung fest und trutzig steht auf dem höchsten Punkt des Schlossberges. Ein Riese aus der Bauzeit des frühen Mittelalters, ragt er 42 Meter hoch empor und seine vier Ecktürmchen weisen genau nach den 4 Himmelsrichtungen. Gneis- und Granitblöcke der Inngletschermoränen türmen seine übermeterdicken Mauern, deren Antlitz Wind und Regen von Jahrhunderten verwittert und zerfurcht haben. Noch steht mir die frohe Welt dieses Kinderparadieses in so zauberischem Licht vor der Seele, als wäre es der schöne Garten Eden gewesen in welchem ich die Morgenträume meiner Kindheit träumte.

Von Eltern, Geschwistern und Verwandten

Mein Vater war Kaminkehrermeister eines Kehrbezirks von etwa zwei Dutzend Ortschaften, aber nie bekam ich ihn in der Tracht seines schwarzen Gewebes zu sehen, da er schon in verhältnismäßig jungen Jahren den Besen aus der Hand gelegt, die Kehrarbeit seinen Gehilfen überlassen und sich auf die Verwaltung des Geschäftes beschränkt hatte. Dafür hatte ihn sein Wissen und Können, sein kluger Verstand und sein klares Urteil, seine Gewandtheit in Wort und Schrift und seine unbestechliche gerade Art das Amt des Bürgermeisters der Marktgemeinde Haag überantwortet, das er 24 Jahre lang gegen einen geringen Ehrensold ausübte, wofür ihm die Gemeinde die Würde eines Ehrenbürgers zuerkannte. Der Tag der Bürgermeisterwahl verursachte immer eine kleine Aufregung im Hause, weil die ganze Familie den Ehrgeiz besaß, den Vater an der Spitze der Bürgerschaft zu sehen und zu den Honoratioren des Ortes zu zählen.

Das Amt beanspruchte ihn meistens nur in den Vormittagsstunden, ließ ihm größte Freiheit in der Verwendung seiner Zeit und in der Einteilung seiner Arbeit und da ihn auch keine besonderen geschäftlichen Sorgen bedrückten – denn unsere Kunden waren uns gewissermaßen gesetzlich verpflichtet – so kann man wohl sagen, dass Vater ein freies, frohes Leben führen konnte, das durch die glücklichen politischen und wirtschaftlichen Verhältnisse der Zeit nach dem siegreichen Kriege 1870/71 nur weiter begünstigt wurde.

Im Frühjahr und Herbst ging er auf die „Feuerb'schau" um die Kaminanlagen seines Bezirkes auf ihre Feuersicherheit hin zu prüfen. Wie beneideten wir unsren lustigen Hund, den Belli, der seinen Herrn begleiten durfte. Wie schön muss das gewesen sein, dieses Wandern ins Bauernland hinein, von Ortschaft zu Ortschaft, von Gehöft zu Gehöft in das hügelreiche Gebiet von Oberornau, Reichertsheim und Kloster Au oder in die Waldgegenden von Mehring und Maithenbeth. Wie köstlich die heitere Zwiesprache mit den einfachen Leuten, die alle den sozial eingestellten allzeit witzigen Bürgermeister kannten und hochschätzten. Wie erfrischend die fröhliche Einkehr in der gemütlichen Stube eines Dorfwirtshauses bei Gselchtem mit Kraut und schäumenden Braunbier. Wir konnten leider nie mit, aber dafür brachte uns der Vater nicht bloß eine frohe Laune mit nach Hause, sondern noch andere gute Dinge: Ostereier, Äpfel, Nüsse und Kletzen, die die Landleute ihm für die Kinder mitgegeben.

Er war ein lebhafter, humoriger Kopf, mein Vater, liebte einen Kreis von Gleichgesinnten um sich und versäumte nie die Gesellschaftsabende, die immer dieselben Bürger und Beamten zusammenführten, wobei nur die Gasthäuser wechselten. Sie trafen sich beim Schex, beim

Abb. 3: Mein Vater

Schwinghammer, auf der Post oder an lauen Sommerabenden besonders gerne im Hofgarten, wo unter den träumenden Kastanien im Anblick der weiten ruhenden Landschaft das Bier aus der Graf Moy'schen Brauerei besonders angenehm die Kehle streichelte.

Ihre Gedanken und Reden kreisten im ruhigen Bewusstsein ihrer soliden, durch Tüchtigkeit und Fleiß erworbenen Sesshaftigkeit um Ereignisse und Erfahrungen ihres engen kleinbürgerlichen Lebens und fanden schwer aus dem eigenen Gartenzaun hinaus. Sie brachten für Vaters Ideen, der als großer Bismarckverehrer temperamentvoll für engeren Zusammenschluss des kaiserlichen Deutschlands und Beseitigung konfessioneller und politischer Schranken eintrat, ebenso wenig Verständnis und Interesse auf wie für die beginnenden sozialen Kämpfe, deren Sprenggeschosse sie noch nicht verspürten, denn hier in dem kleinen Landorte bestanden noch patriarchaische Verhältnisse zwischen Meister und Gesellen. Sie aßen an einem Tisch, tranken aus einem Krug und schliefen unter einem Dach. Konnte wohl sein, dass der eine oder andere einmal den Kopf höherstreckte, aber über die Donau sah er nicht.

Sie stehen noch lebendig vor mir, die damaligen Freunde meines Vaters: Der Gerbermeister Xaver Rambold, der in seinem ganzen Leben keine eigene Meinung aufbrachte und zu allen, auch den gegenteiligsten Ansichten, Ja sagte, der intelligente, liebenswürdige und geschäftstüchtige Kaufmann Schreyer, der Apotheker Mühleisen, der immer wieder die wissenswerte Tatsache feststellte, dass er eigentlich nur das Schex-Bier vertragen könne, der rechthaberische Schneidermeister Simmet, von dem mein Vater erzählte, er sei der erste Rote, der erste Sozialist in Haag und predige immer von Gleichheit und Brüderlichkeit und Arbeiterrechten, der vornehme, zurückhaltende Oberamtsrichter Laturner, für dessen junges schönes Töchterlein, der unnahbaren Göttin, ich in meinen Jünglingsjahren ein stilles Altärchen aufgestellt hatte in meinem Herzen.

Viel Freude machte dem Vater das Violinspiel, darin er es zu einer bemerkenswerten Fertigkeit brachte. Er spielte regelmäßig beim sonntäglichen Hochamte auf dem Kirchenchor. Auch geschah es öfters, dass er des Nachmittags, in der Wohnstube auf und abgehend, Lieder und Märsche eigener Phantasie seiner Geige entlockte, die dann der Kapellmeister Schußmüller in Blechmusik umsetzte und sie beim Neujahrsanblasen oder gelegentlich eines Ständchens beim Bürgermeister wieder zum Besten gab.

Der Vater konnte aus geringfügiger Ursache aufbrausen und heftig werden, dagegen war er wehrlos gegen Bittende. Wenn der in kargen Verhältnissen lebende Vetter Trautner, ein kleines bescheidenes und wehmütiges Männchen mit langem Försterbarte, zuweilen zu uns kam und murmelnd seine Bitte um Unterstützung vorbrachte, fand er immer eine offene Hand. Seine Gegenleistung als Nikolaus oder Kasperspieler allerdings konnte uns Kindern in keiner Weise genügen, dazu hatte ihn seine dürftige Phantasie nicht berufen.

Im Geben waren Vater und Mutter sich vollkommen einig, denn Mutters ganzes Wesen war Selbstlosigkeit und Güte. Vielleicht lag es weniger in ihrer Natur, die Zärtlichkeit, die sie für uns Kinder im Herzen trug, zu zeigen, dafür war sie nie von Launen beherrscht, blieb sich immer gleich in ihrer Treue zur Familie, in ihrer unermüdlichen Tätigkeit in Küche und Haus, nach keiner anderen Ehre strebend, als gute Frau und Mutter zu sein. Obwohl sie uns Kinder stets zur Erfüllung unserer religiösen Pflichten anhielt und denselben auch sich selbst nicht entzog, war sie in ihren Ansichten über die Welt und ihre göttliche Ordnung großzügig und freidenkend und unbeschwert von konfessionellen Fragen und Grenzen. Ihre innere Stärke offenbarte sich so recht erst in späteren Jahren, da unser Familienschiff in Sturm und Not geriet und zu stranden drohte.

Mutters anspruchslose Art fand es ganz in der Ordnung, dass der Vater mindestens einmal in der Woche abends seine Lieblingsspeise, einen „Boanling" (gesottene Kalbshaxe), den er sich auf einem Holzteller bringen ließ, ohne Zutaten nur mit Pfeffer und Salz gewürzt ganz für sich allein verzehrte, während sie sich wie die Kinder mit einem Kaffee begnügte oder einem Krügerl Bier, in das sie eine Semmel schnitzelte und die „Bierbrocken" auslöffelte wie eine Milchsuppe. Ebenso fand sie es in Ordnung, dass der Vater ziemlich regelmäßig an den Sonntagen nach der Kirche seinen Schoppen trank beim Weinwirt Kefer, während zu Hause nur an besonderen Festtagen oder an Mutters Geburtstag ein Fläschchen Malaga auf den Tisch kam.

Das Bürgermeisteramt des Vaters brachte es mit sich, dass die Eltern abends manchmal ausgingen, wenn der Turnverein Sylvester feierte oder die Schützengesellschaft einen Ball veranstaltete. Dann konnten wir Kinder die Mutter bewundern in ihren feierlichen schwarzen Seidenkleid und im Schmuck einer alten ovalen goldenen Brosche,

Abb. 4: Elternhaus v. Westen

die sie sich bei solcher Gelegenheit ansteckte, ein Erbstück aus dem Hause ihres Vaters, des Juweliers Daumann von Rosenheim.

Die Mutter war gewiss noch jung genug, um mit Freude ein stattliches Kleid zu tragen und einen schönen Schmuck, aber ich glaube, noch viel lieber trug sie die Sorgen um die sechs Buben und zwei Mädels, die unter ihrer sorgenden Hand heranwuchsen und die ganze Kraft ihrer starken Seele beanspruchten.

Es ergab sich von selbst, dass bei einem Altersunterschied von zwölf und mehr Jahren zwischen den ältesten und jüngsten Jahrgängen Gruppen sich bildeten innerhalb der großen Kinderschar, die von gleichen Wünschen und Trieben und Erlebnissen zusammengeschlossen wurden. Meine zwei ältesten Brüder Fritz und Hans standen schon in den letzten Jahren ihres Studiums, kamen nur mehr in den Ferien nach Hause und suchten sich da gleichaltrige Kameraden, meine Schwestern tanzten schon mit „Giselafransen" und fliegenden Zöpfen in das reifere Backfischalter hinein, während wir zwei Jüngsten, mein Bruder Rudolf und ich noch die Hosen zerrissen an den Zäunen und im seligen Kindertraum vom Nikolaus und Christkind dahinsegelten.

So knüpfen sich die Erinnerungen an die Jahre meiner Kindheit am lebhaftesten an die meinem Alter am nächsten stehenden Geschwister, Pepi und Rudi. Aber Pepis beflügelte Phantasie entschwebte schon in jungen Jahren dem engen Rahmen meines kindlichen Spielkreises in Höhen, denen ich um drei Jahre jüngerer nicht folgen konnte und da ich als sein nachgeborener Bruder das Erbe seiner abgelegten Hosen, Hüte und Krawatten antreten musste, gab es öfters Reibungen, Entladungen und Funken. Ich schloss mich daher umso inniger mit meinem gefügigeren und um vier Jahre jüngeren Bruder Rudi zusammen. In den folgenden Geschichten und Erinnerungen war er fast immer Beteiligter und Miterlebender.

Wenn ich mir zum Schluss noch das Bildnis von Vaters Schwester, der Frau des Bäckermeister Melzl drunten am kleinen Kirchplatz in die Erinnerung zurückrufe, so sehe ich ein rotes Gesicht mit kleinen zwinkernden Augen, eine noch rötere Nase und höre eine heisere Stimme, die immer weinerlich und wehleidig klang, auch wenn sie etwas Lustiges erzählte Und der Rahmen dieses Bildnisses ist mit reschen Spitzeln geziert und einem großen zuckerigen Allerseelenzopf. Die Spitzeln, die merkwürdigerweise häufig mit abgebissenen Enden zur Ablieferung kamen und der kunstvoll geflochtene Allerseelenzopf, der alljährlich am 2.November als Geschenk für die Kinder vom kleinen Kirchplatz zu uns herauf wanderten, das waren die einzigen Verbindungswege zur Tante Melzl.

Abb. 5: Tante Melzl

Nachbarschaft

Nachbarschaft, das kennt die große Stadt kaum mehr. Man wohnt neben- und übereinander, zieht ein und aus, sieht sich vielleicht da und dort und grüßt, aber Brandmauern und Betonwände trennen die Herzen und die Gefühle. Nachbarschaft ist etwas Ländliches geworden. Die Menschen stehen zum Feierabend am Zaun, sprechen hinüber und herüber und jeder weiß von dem Wohl und Wehe, der Freud' und dem Leid des anderen.

Ja so war das wohl auch bei uns zuhause bei den Erwachsenen. Meine Beziehungen zu den Nachbarn dagegen richteten sich sehr nach den kleineren oder größeren Vorteilen, die mir aus der Bekanntschaft mit ihnen zukamen. Deshalb beschränkten sie sich bei unserer Nachbarin zur Rechten, der Maierhoferin, auf die Zeit des Herbstes und auf die vielen Zwetschkenbäume in ihrem Garten, deren blaurote Früchte ich ebenso liebte wie ich das gleichfarbene Gesicht der Besitzerin scheute. Die Maierhoferin wollte nicht viel wissen von uns Kindern und wir nicht von ihr und so besuchten wir lieber den Nachbarn zur Linken, den Schloßsimmerlhof, der zwar schon alt und gebrechlich war, und mit seinem geschindelten Dach und seinen breßhaften (≈gebrechlichen) Wänden an die Schlossmauer und die breite steinerne Klosterstiege sich lehnen musste, um noch auf seinen alten Beinen stehen zu können. Dafür aber besaß er einen rechtschaffenen Misthaufen mit dem dazugehörigen Hühnervolk, ein paar Kühe im Stall, die uns die tägliche Milch lieferten und eine große weite Tenne, wo es immer etwas zu tun und zu schauen gab.

Im Sommer schwankten die hochgetürmten Fuder mit Heu oder Korn hier hinein und entleerten ihren reichen Inhalt in den dunklen Bauch der Tenne und wenn der Heustock

Abb. 6: Dreschflegel

voll war, krochen, lagen und schwammen wir darin herum wie in einer riesigen warmen Badewanne.

Im Herbst dröhnten im lustigen Dreier- oder Vierertakt die Dreschflegel auf dem Tennenboden, wo das Getreide ausgebreitet lag, und schlugen die reifen Körner aus ihrem sommerlichen Gefängnis. Es war nicht leicht, den keulenförmigen Flegel, der mit dem langen Stiel nur durch ein Lederscharnier verbunden war, so zu schwingen und dabei den Stiel drehend durch die Hand gleiten zu lassen, dass Flegel und Stiel sich nicht verklemmten und den eigenen Kopf oder den des Nachbarn bedrohte. Ich war stolz, als ich in späteren Jahren das gelernt hatte und nun auch mit dabei war, wenn das Tak-Tak-Tak der Drescher durch die Nachbarschaft hallte. Dann kam die alte Windputzmaschine, die lange Wochen des Jahres unbeschäftigt in einer dunklen Ecke der Tenne stand, zu Arbeit und Ehre. Sie schepperte und wackelte mit dem ganzen Leibe vor Vergnügen, wenn der Schloßsimmerl sie mit einer Handkurbel in Bewegung setzte. Schaufelweise schluckte sie die Körner in ihren trichterförmigen Mund und ließ sie unten fein gesäubert in leichtem Schuss in die bereitgestellten Säcke rinnen, während sie gleichzeitig eine Wolke von Staub und Spreu nach rückwärts pustete. Ich habe sie oft gedreht, diese klapprige Mühle und manche roggene Nudel mir dabei verdient. Sie hat trotz ihres Alters den Schloßsimmerlhof noch überdauert, denn er musste bald dem Ausbreitungsbedürfnis des Klosters weichen.

Auf der anderen Straßenseite, der ehemaligen Tenne gegenüber, steht heute noch ein kleines unscheinbares Häuschen mit enger Brust und schmalen Schultern, bescheiden und still hingeduckt an den Hang, als wolle es mit Absicht nicht beachtet werden und kein Aufhebens von sich machen. Neben den pfauenhaft stolz auftrumpfenden Klostergebäuden wirkt es mit seinen grauen Mauern wie ein dürftiges Küken. Darin wohnte vor 50 Jahren ein altes Geschwisterpaar, der Tapezierer Wilhelm Heber und seine Schwester Nanni. Da der Mann den ganzen Tag über in Arbeit abwesend war und die Nanni allein lassen musste, freute sie sich aufrichtig, wenn wir sie besuchten.

Sie war eine kleine stille Frau mit freundlichem Gesicht und bescheidenem Wesen, schlicht und sauber das gescheitelte graue Haar, die Schürze, die kleine Stube und nicht zuletzt das Ziergärtlein nebenan, das zur Sommerszeit von Ordnung und Gepflegtheit nur so strahlte. Jedes Blumenbüschel hatte seinen ihm zugewiesenen Platz, jedes Beet seine sorgfältige Umrahmung und auf den schmalen Wegen konnte kein Unkraut aufkommen gegen ihre fleißige Hand. Nirgends blühten die weißen, gelben und roten Rosen so üppig wie im Garten der Heber Nanni und zur Erhöhung der Pracht hatte sie noch grün schillernde Glaskugeln dazwischen gesteckt. Sie spiegelten freilich eine verzerrte Umwelt wider und passten nicht so ganz zu den gradlinigen Lebensanschauungen, die die Heber Nanni sich im Laufe eines langen Lebens erworben hatte und die so wohlgeordnet in ihrem Kopfe saßen wie die Dinge in Haus und Garten.

Aus dieser Einstellung zu Schlichtheit und Wahrheit entsprang auch ihre Liebe zu uns Kindern. Immer hatte sie etwas zu verschenken, wenn wir zu ihr kamen. Bunte Papierstreifen und schön gemusterte Tapetenabfälle aus der Werkstatt ihres Bruders oder etwas essbares, einen Apfelschnitz oder eine Scheibe weißes Bäckerbrot, das wir der Abwechslung halber besonders liebten, denn unser eigenes war schwarz wie Vaters Gewerbe. Der Teig wurde nämlich im Hause selbst angerührt und geknetet in einem meterlangen Holztrog und wenn er sich dann in der Herdwärme zu einem großmächtigen Wecken aufgebläht und seine Erkennungsmarke aufgeklebt bekommen hatte, übernahm ihn die Hitze des Bäckerofens bei der Tante Melzl und zog ihm in Gesellschaft mit vielen anderen eine knusperig braune Rinde um den appetitlichen Laib.

Wenn wir in ihre Stube traten, saß die Nanni meistens in ihrem alten Lehnstuhl auf dem Antritt beim Fenster und strickte. Sie strickte viele Stunden des Tages, als müsste sie die ganze Gemeinde mit Strümpfen versorgen. Dann erhob sie sich, trat zum Weihwasserkessel neben der Tür, den ein goldener Engel in seinen porzellanenen Händen trug und stipste uns mit Daumen und Mittelfinger einige Tropfen geweihten Wassers ins Gesicht, damit der Schutzengel uns vor Gefahren bewahre, pantoffelte in die Küche, schwenkte die Fingerspitzen unter dem Wasserstrahl, als wollte sie die weihbrunnbenetzte Hand wieder für weltliche Dinge zurechtmachen, trocknete sie an einem blaugewürfelten Tuch und holte den Brotlaib aus der Lade. Geschmeidig und flüssig glitten Klinge und Hand um das Rund des Laibes.

Mit der Brotscheibe in der Hand setzten wir uns zu ihren Füssen auf den Antritt und während ihre blanken Nadeln leise weiterklingelten in die Stille der Stube hinein wie die Stimmchen winziger Hausgeisterchen und ihre gütigen Augen dann und wann über den Brillenrand zu uns herunterschielten und unser Wohlbefinden befriedigt feststellten, schmatzten wir mit großem Behagen das duftige weiße Bäckerbrot und betrachteten eifrig die Bilder in den alten Kalendern, von denen die Heber Nanni wohl ein Dutzend auf Lager hatte. Sie stellten meist heilige Dinge dar und besonders ein Motiv wiederholte sich in verschiedenen Abwandlungen: Zwei Kinder, ein „Hansel" und eine „Gretel", befinden sich in größter Lebensgefahr. Sie überschreiten eine schaurige Schlucht auf einem schadhaften Stege oder schlafen am Rande eines grässlichen Abgrundes oder werden im Walde von einer zornigen Giftschlange angegriffen, aber ein Engel in weitem Faltengewande, eine weiße Lilie tragend, behütet und bewacht sie und breitet schützend seine Hände über ihr junges gefährdetes Leben.

Auch die geweihten Wachsstöcke im Glasschrank erweckten unser besonderes Interesse. Sie waren nach Farbe, Form und Größe geordnet und fein säuberlich nebeneinander gereiht. Wahre Prachtstücke befanden sich darunter, die ihre Schlangenleiber wunderlich ineinanderflochten und -ringelten und mit Gold- und Blumenzierrat geschmückt waren wie kleine Altärchen.

Die schönsten lagen unberührt und vielleicht schon jahrzehntelang im Kasten. Andere, einfachere, waren zum Teil schon halb verbrannt, da die Heber Nanni in den Zeiten der kurzen Tage und langen Nächte immer einen mitnahm zur täglichen Frühmesse. Jahraus, jahrein, ob die Sonne schien oder der Schnee wirbelte, wandelte sie, immer mit der gleichen dunklen Mantille angetan und demselben violettsamtenen Kapotthut auf den grauen Haaren den Weg hinunter zur Kirche und das stille keusche Wachsstockflämmchen zu ihrer Rechten musste die dickleibigen Lettern des Andachtsbuches beleuchten, woraus die Nanni gewissenhaft ihr tägliche Brevier betete. Das Lichtlein erhöhte ihre Andacht und half nach ihrer Ansicht einer armen Seele die Reinigung im Fegfeuer verkürzen. Auch ich liebte sie, diese Lichter im Dämmer der

Kirche, sie erinnerte mich an die brennenden Kerzen des Christbaumes und verliehen dem Raum etwas Weihevolles, das mich zum andächtig sein stimmte.

Zuweilen, wenn sie besonders gut gelaunt war, erzählte die Heber Nanni auch Geschichten. Sie begannen alle mit dem bedeutungsvollen Wörtchen „Also", das zugleich eine Aufforderung an uns war, stille zu sitzen und zu horchen. Aber es war seltsam: So sehr sie sonst auf Ordnung und Wahrheit hielt, bei ihren Erzählungen mischte sie biblische Ereignisse und Märchengestalten nach Belieben durcheinander wie ein Lustspieldichter. Ob das aus Vergesslichkeit geschah oder in der Lust zum Fabulieren, das konnte ich nicht beurteilen. So ließ sie zum Beispiel das Rotkäppchen recht zeitgemäß mit der Nadel einer Nähmaschine sich in den Finger stechen und mitsamt der Großmutter, die sie in eine Waldhexe verwandelte, in einen 1000-jährigen Schlaf verfallen. Eine Rosenhecke umwucherte Großmutters Haus, aber da kam der Riese Goliath, schlug mit seinem Menschenfressermesser ein Loch in die Rosenlaube und wollte Rotkäppchen auf der Stelle heiraten. Aber der Hirtenknabe David warf den ungeschlachten Riesen mit einem Steinwurf zu Boden und hielt mit Rotkäppchen glückliche Hochzeit, während der Riese sich vom Steinwurf wieder erholte und in Ermangelung von etwas Besserem die alte Waldhexe zur Frau nahm.

Ich war nicht immer einverstanden mit ihren Ausführungen, schon deswegen weil die Heber Nanni die Schicksale ihrer Helden und Bösewichter öfters änderte, aber sie duldete keinen Einspruch und so brachte ich eine recht verschrobenes Bild von Gestalten des Alten Testamentes mit in die Schule, die mich Knirpsen schon mit fünfeinhalb Jahren in ihren Zwang nahm.

Schulanfang

Aus Anlass des Schulbeginns unternahm ich einen Tag vorher in früher Morgenstunde meine erste selbständige Reise in die Welt, nämlich hinunter zum Buchbinder Rieder, der in nächster Nachbarschaft des Schulhauses ein Papierwarengeschäft betrieb. Wohlgemut ließ ich in meiner Tasche die Zehnerl klimpern, die mir die Mutter mitgegeben hatte zum Kauf des Rüstzeuges für den ersten Unterricht: Einer Schiefertafel, einiger Griffel und einer Fibel, da ich die alte zerlesene meines Bruders hartnäckig ablehnte.

Nun stand ich vor dem kleinen schmalbrüstigen Schaufenster und betrachtete mit Hingebung all die Herrlichkeiten, die hier in familiärer Eintracht beieinander lagen und hingen: Hefte, Gebetbücher und Heiligenbücher, Bleistifte und Federhalter, rot- und blauwangige Gummibälle in verschiedenen Größen, Hauch- und Abziehbilder, Modellierbögen zum Ausschneiden mit Schere oder Laubsäge, Kapselbüchsen mit Munition und viele andere begehrenswerte Dinge. Besonders begeisterten mein Bubenherz die Schusser, die in braunen Pappschachteln wie kleine Kanonenkugeln aufgestapelt lagen. Bunte, steinerne und schöne gläserne, von farbigen Fäden durchzogen und ganz große, die in den Regenbogenfarben schillerten und silberne Tierfiguren in den Bäuchen trugen. Wie glücklich musste der Rieder Josef sein, der Inhaber des Ladens und Besitzer all dieser Schätze!

Beim Eintreten bimmelte eine Glocke laut und unwillig über die Störung aus ihrem Morgenschlafe. Sie hatte die Aufgabe, den Meister herbeizurufen, aber es dauerte eine ganze Weile. Ich konnte inzwischen nach Herzenslust die nach Papier und Kleister muffelnde Luft einschnuffeln. Da endlich erschien an der Türe links ein langer grüner Schurz und ein bebrillter roter Kopf mit rostbraun geschneckeltem Haare, das war der Rieder Josef. Er machte jedoch kein so glückliches Gesicht, wie ich vermutet hatte, schaute im Gegenteil bekümmert und traurig und fragte zaghaft nach meinem Begehr. Aus den Gesprächen meiner Schwestern, die mit der Rieder Luis' in dicker Freundschaft standen und deshalb auch mit deren Bruder öfters zusammentrafen, hatte ich schon erfahren, dass der Rieder Josef schüchtern war und diese Eigenschaft auch auf sein Warenlager übertrug, das vieles nicht herausgeben konnte, was die Kunden eben begehrten. Dann stammelte er immer die gleiche, fast demütige Entschuldigung: „Grad is ausganga!" Nun, bei mir hatte er das nicht notwendig. Ich bekam eine wunderschöne Tafel mit runden Ecken, ein paar fein gespitzte Griffel, in Goldpapier gewickelt und eine Fibel, die beim Öffnen krachte, so fest war sie gebunden. Eben wollte ich mich wieder entfernen, da erst erkannt er mich und wurde mit einem Male freundlich und gesprächig. „Ja, bist jetzt du net der Trautner Gustl? Bald hätt i di nimmer kennt! Muaßt morgn s'Schuigehn ofanga, gej. Aba du freist di gwieß scho recht drauf und werst da fleissigste vo alle!" Davon war ich nicht so sehr überzeugt, aber es befriedigte mich, dass er mir diese Kraft zutraute.

Jetzt drehte er die Augen nach oben, als sähe er einen glänzenden Stern am Himmel aufleuchten und mit einem schmerzvollen Jung-Werther-Seufzer fragte er: „Wie geht's denn deiner Schwester Anna? Wos tuats denn den ganzen Tag? Host d'as recht gern? Bringts di net runter morgn in die Schui?" Und dann fügte er in feinen hochdeutschen Worten hinzu: „Sag ihr einen innigen Gruß von mir!"

Das waren viele Fragen auf einmal, die er beantwortet wissen wollte und ich gab nach bestem Gewissen Auskünfte, obwohl mir nicht einleuchtete, wieso er über meine Schwester so genau unterrichtet sein wollte und warum er ihr den „innigen Gruß" nicht selber übermittelte. Als Vorbelohnung und wahrscheinlich auch in Ansehung meiner nahen Verwandtschaft zu meiner Schwester Anna schenkte er mir ein schönes weinrotes Hauchbildchen, worauf in Goldschrift geschrieben stand (so deutschte er es mir aus): „Dem fleißigen Kinde!" Das war nun eigentlich verfrüht und den Rechten des Lehrers vorgegriffen, aber mich freute das Bildchen mehr als Schiefertafel und Fibel. Man konnte ein so nettes Spiel damit treiben. Wenn man es anhauchte, rollte es sich wie ein Igel zusammen und wollte man es wieder glätten, behauchte man einfach seinen runden Buckel.

Trotz dieses Fleißbilletts vergaß ich den innigen Gruß, denn ich war zu sehr erfüllt von den Gedanken an die Schule. Groß und geheimnisvoll stand nun ihr Tor vor mir. Morgen würde es sich öffnen und mich einlassen in seinen Bereich und wer weiß, welche Fährnisse dahinter lauerten!

In der Frühe des 1.Mai trippelte und zappelte ich an der Hand meiner Mutter hinunter zum alten Schulhaus neben der Pfarrkirche. Sie hatte es sehr eilig und zog mich hinter sich her wie ich zuhause meinen hölzernen Schimmel. Den ganzen Weg musste ich im Laufschritt zurücklegen, die große Schultasche auf meinem Rücken hopste aufgeregt auf und nieder, die Griffel schepperten in der Schachtel, obwohl ich sie auf den Rat meiner Schwester hin in

Watte gebettet hatte und mein kleines ABC-Schützen-Herz hüpfte in banger Erwartung und Spannung ebenso ungebärdig wie das Schwämmchen am Ranzen. Der Rieder Josef stand vor seinem Laden und machte wieder sein bekümmertes Gesicht, aber er und seine Auslage fesselten mich heute gar nicht. Meine Sinne schaukelten schon hinein durch die offenen Flügel der Schultüre in ein neues unbekanntes Land.

Verwirrt und betäubt betrat ich mit meiner Mutter den geheiligten Raum des Schulzimmers, in dem schon viele Buben versammelt waren. Groß und klein und grad und schief wuchsen sie aus den Bänken wie die Pfifferlinge. Vorne links und rechts drohten zwei große schwarze Tafeln, die nun in eine nahe wichtige Beziehung zu mir treten würden und vor dem Pult stand der Lehrer, der die Mütter und ihre Lieblinge empfing und begrüßte. Er sah ganz anders aus wie der Rieder Josef. Sein Gesicht war bleich und schmal und wenn er sich zu seinen Schützlingen herabbeugte, um sie mit aufmunternden Worten und liebkosenden Händen willkommen zu heißen, rutschten ihm die langen schwarzgelockten Haare eigensinnig in die Stirne und wurden mit einem Ruck des Kopfes immer wieder hinausgeschnellt. Seine dunklen Augen lachten und bekamen einen Ausdruck von Zärtlichkeit, wenn er das gesunde, schäumende Leben überschaute, das ihm entgegenwallte.

Wir durften die Plätze selber wählen und ich flüchtete mich aus Mutters Hand hin zu meinem Freund und Spielkameraden, den Brumberger Alois, der schon ein Jahr lang die Schule und ihre Klippen und Untiefen kannte und mir durch sein Beispiel an Mut und schöner Frechheit den Trennungsschmerz von zuhause überwinden half.

Nachdem der letzte mütterliche Blick entflogen, starrten wir mit stillen Händen und offenen Mäulern auf unseren Lehrer und es begann nun ein munteres Frage- und Antwortspiel. Ein jeder von uns Anfängern musste laut und bestimmt erklären, dass er so und so heiße und der hoffnungsvolle Schützling eines Schusters oder Kaminkehrermeisters sei. Manche erfuhren bei dieser Gelegenheit zum ersten Male, das sie nicht nur Maxl oder Seppl hießen, andere ganz scheue und verschlossene spielten den vornehmen Grafen auf Reisen, der den Schleier seiner Herkunft nicht zu lüften, sondern inkognito zu bleiben wünschte.

Die diplomatischen Bemühungen des Lehrers um die Erforschung ihrer Ahnenreihe konnten aber auf die Dauer meine Aufmerksamkeit nicht gefangen halten und so zog ich auf Wunsch meines Freundes Alisi mein schönes großes weinrotes Hauchbild vom Rieder Josef, das mit dem goldenen Aufdruck „Dem fleißigen Kinde" heraus und begann mein hübsches Igelspiel. Mein warmer Atem buckelte es auf wie eine zornige Katze, aber es ging mir nicht rasch genug. Ich geriet in Eifer und hauchte es vernehmlich und nachdrücklich an, der Alisi glaubte mich unterstützen zu müssen und pustete laut wie eine Dampfmaschine heftige Luftstöße gegen das Bildchen, da wich es aus und entschwebte gerade in die Hand des herbeieilenden Lehrers. Groß und nahe stand er vor mir wie eine Säule, die nun umstürzen und mich zermalmen würde. Ich sah nur die feine goldene Uhrkette, die er sich an der Weste von Tasche zu Tasche gespannt hatte und die weiße Hand mit langen schmalen Fingern, die sich auf die Bank stützten. Nun war ich als Schwerverbrecher entlarvt und ein ungeheures Strafgericht würde über mich hereinbrechen. So glaubte ich, aber nein, der Lehrer schob mir den Kopf hoch, lachte mich fröhlich an und – wie merkwürdig – auch er erkundigte sich ebenso wie der Rieder Josef nach dem Wohlbefinden meiner Schwester und wollte wissen wann und wo sie abends das Bier hole. Ich witterte mit Erleichterung die Morgenluft, die mich bei der Namensnennung meiner Schwester plötzlich umstreichelte, gab eine Auskunft, deren Wahrheit ich nicht verbürgen konnte und war meiner Schwester im Stillen aufrichtig dankbar für ihre wundertätige Fernwirkung.

Schon von Anfang an hatte ich beobachtet, dass der Lehrer von Zeit zu Zeit kleine Schokoladenstücke aus der Tasche fischte und in den Mund steckte. Diese mir und ihm gemeinsame Schwäche für Schokolade brachte ihn mir auch menschlich näher und ich wartete nur darauf, mit dem bereits gelernten „i" leuchten zu können in der Hoffnung auf eine schokoladene Belohnung. Aber er forderte weder Tafel noch Fibel, sondern holte mit plötzlichem Entschluss seine Violine aus dem Schrank und spielte. Wie schön war dieses Spiel! Ganz anders wie die Liedlein und Tänze meines Vaters. Das klang und sang, jauchzte und jubilierte, zitterte und trillerte wie Schwalbengezwitscher im Frühlingsmorgen. Manchmal griff er auch mit mehr Fingern in die Saiten, ließ sie ineinander klingen und schwingen, zu höchstem Jubel anschwellen und dann wieder leise und sanft verhauchen. Während seines Spieles blickte er immerfort auf die Geige. Sein Gesicht rötete sich, die langen dunklen Haare verdeckten seine Stirne mit leidenschaftlichen Armbewegungen strich er seinen Bogen und schwenkte und wiegte den Oberkörper im Takt seiner Melodien. Er sah uns nicht mehr, vergaß unsere Anwesenheit, hörte nur mehr sich und sein Spiel und versank vollkommen in die Welt seiner Töne. Wir Buben verstanden freilich nicht die Musikantenseele, die sich da verströmte, aber sein Spiel gefiel uns außerordentlich und wir saßen still und stumm und mit staunenden Gesichtern.

Plötzlich brach er ab und lächelte uns wieder an, als wolle er uns danken für unser stilles aufmerksames Zuhören. Dann entnahm er seiner Pultschublade einige Tafeln Schokolade und schenkte jedem von uns Anfängern ein Stückchen davon. Was war das für ein lieber guter Lehrer. Mir steckte er noch ein zweites Stückchen in den Mund und ein verschlossenes Briefchen in die Fibel mit dem Auftrag, es meiner Schwester zu geben.

Dann wurden wir entlassen. Ich war restlos zufrieden mit meinem Lehrer und seinem Unter-

Abb. 7: Postillon d'amour

richt und berichtete auch meiner Mutter von seinem schönen Violinspiel und dem reichhaltigen Schokoladelager in seinem Pult, aber sie bemerkte etwas abweisend, ja, der Herr Lehrer Lommer sei ein großer Geigenkünstler, das wisse sie schon, seine Schokoladschleckerei jedoch gefalle ihr nicht.

Mit dieser unbegreiflichen Ansicht meiner Mutter war ich nicht einverstanden und während ich darüber nachdachte, fiel mir beim Auspacken meiner Schulsachen das Brieflein aus der Fibel. Die Mutter griff danach, erkundigte sich nach Herkunft und Empfänger, nahm es zu sich und sagte nur. „So, so!". Meine Schwester aber schimpfte mich am anderen Tag einen dummen Buben und erklärte mir, dass ich die Aufträge meines Lehrers zukünftig gewissenhafter erfüllen müsse.

Ich verstand den Zusammenhang nicht und war auch gar nicht verwundert darüber, dass einige Tage später wieder ein rosarotes Brieflein in meiner Fibel steckte, das aber diesmal den entgegengesetzten Weg wanderte, von unserem Haus hinab zur Schule, geradewegs am Laden des Rieder Josefs vorbei. Er ahnte wohl so wenig als ich, dass ich ein kleiner „Postilllon d'amour" geworden war.

Ich kutschierte sehr angenehm dabei, denn zu meinem Ergötzen war fortan meine Fahrstrasse reichlich mit Schokoladenstückchen gepflastert. Aber des Rieder Josefs rotes Gesicht schien mir noch trauriger geworden.

Ajax

Ein altes Sprichwort sagt: Was man nicht im Kopf hat, muss man in den Beinen haben. Man kann aber auch umgekehrt sagen: Was man nicht in den Beinen hat, muss man im Kopf haben. So passte es besser für meinen Bruder Pepi. Er hatte es wirklich im Kopf und nicht in den Beinen; das beweist nachfolgende Geschichte:

Es war zur Faschingszeit, da gebar er die Idee: Wir – „wir" waren seine Freunderl von der 7. Klass' – wir veranstalten am unsinnigen Donnerstag ein maskiertes Schlittenrennats durch die Hauptstrasse des Marktes. Die besten Läufer stellen die Rösser, die Fahrer maskieren sich, die Sieger erhalten Fahnen- und Geldpreise und die nötigen Moneten werden durch Sammlung in der Bürgerschaft aufgebracht.

Der kühne Gedanke Pepis wurde sofort in einem „Rennatskomitee" realisiert, in welchem er, der Kopf, sich selbst zum Direktor ernannte, während er dem Schex Xaverl die Rennmeisterwürde verlieh, weil der seines Vaters Stiefel, Lederhose und Peitsche entlehnen konnte, und den Schußmüller Robert in Ansehung seiner Kunst im Trompetenblasen zum Kapellmeister bestimmte. Einige Plakate von Pepis Hand teilten der sehr verehrten Bürgerschaft von Haag das große Ereignis mit und baten um kleine Spenden.

Der Erfolg der Sammlung übertraf alle Erwartungen und ergab eine stattliche Menge von Pfenning und Zwoaring, sogar einige Nicklzehnerl und silberne Zwanzgerl waren darunter. Pepi fühlte sich als halber Bankdirektor. Wenn er Geld besaß, wurde er großzügig. Er kaufte sofort rosarote Schulterschleifen für sich und seine Komiteemitglieder und mir beim Buchbinder Rieder eine lange rotglänzende Papiernase, die an einer Drahtbrille hing und nach unten sich in einen Schnauzbart aus Hundehaaren fortsetzte. Das gehört zu den Geschäftsunkosten, sagte er.

Am Nachmittag des unsinnigen Donnerstages stieg das „Rennats". Die Haager Jugend, soweit sie sich nicht selbst beteiligte, säumte die Strasse und die Erwachsenen standen unter den Ladentüren oder schauten aus den Fenstern. Beim Schexwirt flatterten die Preisfahnen in allen Farben und mit Nummern versehen lustig zum 1.Stock heraus. In die Ecken der Fahnentücher waren die gestaffelten Geldpreise eingenäht.

Der Schex Xaverl als Rennmeister schritt in einer ledernen, einmal weiß gewesenen Postillonhose und in den ihm viel zu hohen Stiefeln seines Vaters steif und gravitätisch wie ein Storch die Strasse auf und ab und knallte mit seiner langen Peitsche, aber kein Mensch wusste warum.

Vom Bräuhausplatz her erscholl ein wirres Geblase der 3 Mann hohen Schußmüller-Kapelle, die mit ihren besten Lungenkräften und ohne Rücksicht aufeinander eine schmetternde Aschantimusik von sich gab. Sie wurde noch überlärmt von den mit Wonne und Kraft ihre Gießkannen bearbeitenden Trommlern.

Der Umzug begann. Der Musik folgten die Rennfahrer in der Reihenfolge ihrer Nummern. Obwohl Pepi sich immer schon, auch bei unseren Kriegsspielen, recht lahmfüßig gezeigt hatte, ließ er sich von einem falschen Ehrgeiz und von einer eitlen Geltungssucht betören und beteiligte sich auch am Rennen. Das war von seiner Seite ein Fehler, ich aber freute mich darüber; denn ich durfte, da ich ein kleines geringes Bürschlein war, seinen Fahrer machen.

Abb. 8: Das Ziel: der Schexwirt

Die gelbseidene Fahne des 1. Preises stach mir gewaltig in die Augen, schon aus Gründen der Ehre.

Pepi hatte sich den rassigen Namen Ajax beigelegt (dass er dabei des trojanischen Helden gedachte, ist nicht anzunehmen), wohl in dem Glauben, damit sein edles Blut zu bekunden und die Schwäche seiner Beine auszugleichen. Ein Schild auf seiner Brust mit den groß gemalten Buchstaben: AJAX tat das dem verehrten Publikum zu wissen.

Selbstverständlich war ihm bei der Auslosung die Nr. 1 zugefallen und so kutschierte ich mit meinem Ajax an der

Spitze der Rennfahrer gleich hinter der Musik. Stolz saß ich auf meinem langen doppelsitzigen Rennschlitten, der vorne am Schnabel mit einem kleinen geschnitzten Pferdekopf geziert war, und hielt die aus ledernen Schuhbandeln und Schlittschuhriemen kunstgerecht zusammengeknüpften Zügel straff wie ein echter Sulkyfahrer. Ich trug meine Blechbrille mit der Papiernase und dem Hundeschnauzbart im Gesicht, einen Kaminkehrerzylinder im Genick und die Joppe umgestülpt über der Brust. Die Nase roch unangenehm nach Papp und Hundeschweiß, aber dafür genoss ich als Maschkera und Rennfahrer das schöne Bewusstsein, aller Augen auf mich gerichtet zu sehen.

Pepi, vulgo Ajax, fühlte das auch, aber ihn brachte dies etwas aus der Fassung. Er unterlag der Schwäche seines Charakters, nach außen hin immer starken Eindruck machen zu wollen. Er, der es gewiss nicht in den Beinen hatte, markierte arabisches Vollblut, tänzelte und trippelte wie ein Hengst, der kaum mehr zu bändigen war, scheute, rannte bald nach links, bald nach rechts aus der Reihe in die Zuschauermenge hinein, als wäre seine verhaltene Kraft nur mit Mühe zu meistern. Das Publikum musste den Eindruck gewinnen – das lag in seiner Absicht – Ajax wenn die Zügel bekäme, würde wie ein Pfeil durch die Gasse schießen und alle anderen um viele Meter schlagen. Er war der ausgemachte Favorit, und wenn es damals einen Totalisator gegeben hätte, würde sein Tipp gewiss alle Wetten auf sich gezogen haben. Immer mehr steigerte er sich in die Rolle eines von unbesiegbarem Feuer beseelten Rassepferdes hinein und versuchte sogar zu wiehern. Aber es klang leider wie das Gemecker einer Ziege.

Der Zug kehrte zum Bräuhaus zurück. Dann krachte

der Startschuss, den der Schex Xaverl schon Wochen vorher zur Freude seiner Nachbarn eingeübt hatte, mit der geballten Ladung einer Kapselbüchse – und das Feld zog davon, mit ihm aber auch unser Favoritenansehen. Denn schon nach kurzer Strecke war Ajax erledigt, am Ende. Er hatte die Kraft seiner an sich nicht schnellen Rennbeine schon vorher zu stark verausgabt. Seine arabischen Fesseln entpuppten sich als das, was sie wirklich waren, als lahme Kälberfüsse. Einer, ein zweiter und dritter zogen an uns vorüber. Ich wollte ihn anfeuern und schrie wütend: „Ajax, Ajax!" und fuchtelte mit meiner Gerte an seinen nach Luft schnappenden Nüstern herum, wobei mir der Zylinder in die lachende Menge enteilte und dort mehr Beifall erntete als mein Rennpferd, - aber es war umsonst. Wir mussten froh sein, an 4. Stelle zu landen.

Das Weinen stand mir nah, aber Pepi blieb gelassen. Er dachte wohl an das umgekehrte Sprichwort: Was man nicht in den Beinen hat, muss man eben im Kopf haben, und verschwand zu einem anderen Start.

Am Ziel gab es noch einen kleinen Streit um den 5. und 6. Preis, weil beide Fahrer behaupteten, zuerst das Strohband überschritten zu haben. Er wurde jedoch in Güte beigelegt und alles zog nun frisch und fröhlich hinauf zum Schexwirt, wo die Preisverteilung stattfinden sollte.

Aber ich sah etwas Unerwartetes. Die Fahnen hatten einen Platzwechsel vorgenommen, ohne dass es jemand bemerkt zu haben schien. Die gelbseidene Nr. 1 war an die 4.Stelle zurückgedrängt und trug auch die Nummer 4, die rote Fahne Nr. 4 aber hatte sich an den 1.Platz vorgeschmuggelt und sich die Nummer 1 um den Hals gehängt.

So erhielt Pepi, mein Bruder, trotz seiner Bocksbeine den ersten Preis, aber Ajax, mein Rennpferd, auf das ich so stolz war, musste sich dem vierten begnügen.

Kamelreiten

Ich saß eben in orientalischer Ruhe in meiner Sommer-residenz, auf dem Dachgarten meines Palastes und beschaute die Welt unter mir, da entstand plötzlich ein Aufruhr im Volke. Kinder stürzten vorbei mit allen Zeichen der Aufregung und ich hörte ihre Rufe: „D'Bärentreiber san do, in da Wasserburger Straßn sans drunten!" Das riss auch mich aus meinen Märchenträumen, ich sprang vom Dach und eilte ihnen nach.

Ein Bienenschwarm von Hosen und Röcken war angeflogen am Eingang des Ortes und mitten unter ihm die Bärentreiber, Männer mit braunen Gesichtern, dunklen Bärten, riesigen schwarzen Schlapphüten, weiten abgeschabten Sammthosen und breiten Gürteln um die Hüften. Sie führten ein Kamel mit und einem Bären, dem man die Gutmütigkeit und Ergebenheit in sein Schicksal schon an seinem Gange anmerkte. Ein dunkeläugiger Junge mit gelblicher Hautfarbe geleitete ein niedliches Eselchen, das kaum größer war als sein schwarzgelockter Führer. Zwei Affen mit rotseidenen Hosen und abstehenden Fledermausohren hockten auf seinen Schultern. Ihre runden vorwitzigen Augen blickten verwundert und fragend auf die Menge.

Die Männer und Tiere wirkten seltsam fremd zwischen den bürgerlichen Arbeitsstätten und Wohnhäusern.

Jetzt machten sie halt. Einer der Fremdlinge hatte einen Dudelsack umhängen, dem 3-4 Pfeifen verschiedener

Größe entwuchsen wie die Zitzen dem Euter. Darauf blies er eine wunderlich verschnörkelte, von an- und abschwellenden Orgelklängen begleitete Weise. Sie tönte schwermütig, melancholisch, diese Dudelsackmusik, wie ein Lied der Armut, eine Klage der Sehnsucht nach der fernen Heimat und passte gut zu dem tiefernsten Gesicht des Mannes.

Beim ersten Pfeifenton erhob sich der Bär auf seine Hinterfüße, tollpatschig und plump stand er da mitten im Zuschauerkreis wie ein brauner Schneemann und blinzelte hilflos und traurig aus seinem Maulkorb. Dann begann er nach dem Taktschlag einer Handtrommel sich zu drehen, wobei er abwechselnd die Beine so täppisch und unbeholfen in die Höhe hob, dass er überall ein schallendes Gelächter auslöste. Er tat mir leid, der arme Bär, der sich so bemühte und es so wichtig nahm mit seinem Tanze und dafür nur ausgelacht wurde.

Inzwischen kreiste das Kamel in gelassenen würdevollen Schritten um ihn herum, bleckte seine gelben Zähne. Seine ruhigen Augen blickten überlegen und abwesend ins Leere und dann setzte es sich auf ein aufforderndes Wort seines Führers auf den Boden. Ich hatte mich ganz nach vorne gedrängt, um alles recht genau sehen zu können. Da fasste plötzlich jemand mein kleines Körperlein und schon saß ich zwischen den fleischigen Höckern des Kamels, das sich unter der spielerischen Last sofort erhob und schwankend in Bewegung setzte.

Ein Jubelgeschrei brach ringsum los bei Alt und Jung. Mir aber war gar nicht recht geheuer hoch da oben zwischen den schief hängenden, wackelnden Fettpolstern des Wüstentieres.

Ich hatte meine Hände in die rötlich braunen Wollhaare

verkrampft, unter welchen die Haut schwärzlich hervor-
schimmerte, und fühlte bei jedem der weit ausholenden
Schritte ein Schwanken und Schaukeln, als säße ich in
einem wellenbewegten Boote. Vor mir sah ich den
schlank gebogenen Hals des Tieres, den kleinen Kopf mit
den teilnahmslosen Augen und aus weiter Ferne hörte ich

die schleifenden Töne
des Dudelsackes und
das Freudengeheul der
Umstehenden, die sich
an meiner ängstlichen,
unreiterlichen Haltung
ergötzten. Sie lachten,
winkten und riefen zu
mir herauf, die Män-
ner aber schauten
gleichgültig und ver-

Abb. 9: auf dem Kamel

zogen keine Miene, als wäre das Ganze mehr ein Trauer-
spiel denn eine Unterhaltung.

Ich war froh, als man mich von meinem Hochsitz wieder herunterholte, es gab genug andere, die nach meinem
Benefiz auch das Kamelreiten versuchen wollten. Der
Junge mit seinem langohrigen Gefährten ging zwischen
den Zuschauern herum und hielt ihnen, mit stummen Augen bittend, seinen schwarzen Kalabreser unter die Nase
und da und dort sprangen ein paar armselige Kupfermünzen in seine filzene Sparbüchse. Ach sie war so weit und
groß, sie hätte leicht das Zehnfache fassen können.

An verschiedenen Plätzen des Ortes wiederholten sich
die Vorführungen, dann zog die kleine Karawane am anderen Ortsende wieder hinaus. Zum Tor hinein – zum Tor
hinaus! Das war nun einmal ihr Lebensgesetz.

Erscheinung

Bei uns diente wohl über ein Jahrzehnt eine alte Magd, die hauptsächlich die Kleinen unter uns Kindern zu betreuen hatte und deswegen von uns nur kurzweg die „Kindsanna" genannt wurde. Sie war eine gute und treue Seele und wir Kinder hatten sie alle gern. Als nun auch mein jüngster Bruder Rudi heranwuchs und selbständiger wurde, blieb für die Kindsanna nicht mehr viel zu tun übrig und sie wechselte zum Kaufmann Schreyer hinunter, wo eine jüngere Kinderschar auf ihre Pflege wartete. Uns kam sie aus den Augen und aus dem Sinn.

Jahre später, in einer Nacht, die mir unvergesslich geblieben ist und deren Eindrücke mir heute noch lebendig vorschweben, trug sich etwas Merkwürdiges zu.

Ich erwachte mitten aus dem Schlafe und schlug die Augen auf, konnte aber in der Dunkelheit die Umrisse der Dinge nur undeutlich erkennen. Mir gegenüber stand das Bett meines Bruders, daneben der Tisch und dahinter leuchtete mit mattem Schein die Fläche des Fensters.

Plötzlich erschien an der Tür in Richtung meiner Füße, ohne dass sich diese öffnete, eine Gestalt, deren Linien sich nur unklar abzeichneten von der rückliegenden Wand. Ein eigentümlicher, schwacher unirdischer Schein ging von ihr aus, der nicht von der hellen Gewandung zu kommen schien, sondern aus eigenem leuchtete. Die Gestalt schwebte, ohne Arme oder Beine zu bewegen, wie auf unhörbaren rollenden Kugeln auf mich zu. Ich sah in das bleiche unbewegliche Gesicht der Kindsanna, glaubte einen Augenblick lang einen leisen kühlen Hauch zu verspüren, als ob jemand das Fenster geöffnet und wieder geschlossen hätte, dann war die Erscheinung verschwunden. Ich empfand nicht die geringste Furcht, schlief bald wieder ein und war am Morgen beim Erwachen der festen Überzeugung, geträumt zu haben.

Aber beim Frühstück sagte meine Mutter zu mir: „Gustl, heut betst in der Mess' ein Vaterunser für die Kindsanna, sie ist in der vergangenen Nacht gestorben.

Die erste lange Hose

Neun Jahre etwa mochte ich alt gewesen sein, da sollte ich zum Osterfeste die erste lange Hose bekommen. Ein lange gehegter Wunsch ging damit seiner Erfüllung entgegen.

Ich träumte von einer Hose, wie sie der Schneidergehilfe Zierer trug, prall um das Gesäß herum und gleichmäßig straff um die Beine sich schließend wie ein Ofenrohr, im Gegensatz zu den Bauernhosen, die rückwärts in melancholische Falten absackten, um die Knie zu einer Klamm sich verengten und nach unten trichterförmig auseinanderklafften. Oh, der Schneidergehilfe Zierer wusste, was modern und elegant war und er verstand seine Hose mit Würde und Haltung zu tragen. Er war der Kavalier unter den Haager Jünglingen und sein Vorbild erweckte meine Nacheiferung.

Meine Mutter hatte bereits den Stoff gekauft beim Kaufmann Schreyer drunten, es war ein wunderschönes, blau-grau gepfeffertes Muster. Und ich hatte ihn selber hintergetragen zum Schneider Zierer in die Wasserburger Straße, um mir das Maß nehmen zu lassen und ihm meine Wünsche besonders ans Herz zu legen.

Knapp musste sie sitzen um die Hüften und an die Beinformen sich anschmiegen, so wie er sie trüge an

Sonn- und Feiertagen. Ich merkte ihm die Freude wohl an, die er empfand darüber, dass seine Kunst so gewürdigt wurde, und er versprach mir hoch und teuer, eine ganz moderne Hose nach meinen Wünschen bauen zu wollen. „Es ehre mich", so sagte er, „dass ich so viel Verständnis für elegante Kleidung habe. Ob ich nicht auch ein Schneider werden wolle?"

Der Ostersonntag rückte näher, aber meine Hose war noch nicht fertig. Ich bekam Angst. Jedesmal, wenn ich danach fragte, sagte er: „Ja, mei' liaba Bua, du muaßt scho' mehr Geduid hobn, jetzt hob i so vui Arbat, dass i nöt woaß, wo ma da Kopf steht. Siegst, do hängt a Gwand, und dort a Joppn und dort a Hosn und ois muaß no ferti' wern. Aba es braucht fein' Zeit."

Ich sah auch meine Hose halbvollendet zwischen den anderen hängen und betrachtete sie mit zärtlichen und prüfenden Blicken. Dass sie nicht fertig werden sollte bis Ostern war unausdenkbar.

Am Charsamstag nach der Auferstehung holte ich sie im Triumph nach Hause und probierte sie gleich an. Sie zwickte mich oben zwischen den Beinen und drängte sich beim Sitzen in beängstigender Spannung um meine bescheidene Gelegenheit. Der Schneider hatte es fast zu gut gemeint in dem Bestreben, meinen Wünschen gerecht zu werden.

Aber was machte das? Die Hauptsache blieb der Schnitt, und der war tadellos, ganz nach meinem Geschmack. Er brachte meine zwar mageren, aber gerade gewachsenen Schenkel und Waden auf das Vorteilhafteste zur Geltung.

Für die Vervollständigung meiner übrigen Kleidung hatte ich auch schon gesorgt. Die Joppe war noch wie neu.

Von meinem älteren Bruder Pepi hatte ich einen Hut geschenkt bekommen, der ihm zu klein und mir zu groß war, aber da konnte man mit entsprechender Papiereinlage nachhelfen, außerdem überließ er mir großmütig seine sogenannte „Blitzkrawatte", deren halbkreisförmige Stahlspangen sich mit einem Griff, „wie der Blitz", liebevoll um den Hals legten. Zwar sah sie auf der einen Seite schon etwas verwetzt und verblichen aus, aber sie ließ sich mit dem sauberen Teil nach oben drehen und breitete ihre grünschimmernde Herrlichkeit im ganzen Westenausschnitt aus, so dass die Mängel meines von Mutters Hand gestopften Hemdes verdeckt wurden.

Aus meinem Gummikragen radierte ich sorgfältig alle Flecken heraus, die seit Weihnachten sich angesammelt hatten, und brachte also solcherweise alle meine Kleidungsstücke auf einen Glanz, der meiner Hose würdig war. Sie selbst, die vielgeliebte, legte ich säuberlich geglättet über meinen Stuhl am Bett und sie wanderte auch noch in meine Träume hinein.

Ostermorgen! Wer hat nicht in seiner Jugend die ganze Köstlichkeit dieses Tages empfunden! Wenn der erste erdsüße Hauch des Frühlings durch die Lande atmet, die Wiesenhänge sich begrünen, die Weiden mit weißen Kätzchen stehen und die ersten Veilchen duften am Zaun und unterm Busch! Wenn die Osterglocken feierlich erklingen und festlich gekleidete Menschen auf allen Wegen zur Kirche eilen! Wenn blaue und rote Eier lachen aus einem verborgenen Grasnest und die köstlichen Schinken schon bereit stehen zur österlichen Weihe!

Mir war ganz feierlich zumute, als ich in meine Hose schlüpfte und mich zum Kirchgang rüstete. In die Weste hängte ich noch eine dicke Nickelkette, der allerdings die

Uhr fehlte. Auf diese musste ich noch warten bis zu meinem Firmungstage. Ich machte mit Absicht den Umweg durch die Marktstraße, um von recht vielen Leuten gesehen zu werden. Beim Gehen zwickte sie mich wieder recht schmerzlich, die geliebte Hose, und der Hut rutschte mir immer tiefer ins Gesicht und suchte Unterstützung an meinen etwas abseits stehenden Ohren. Ich hatte doch zu wenig Papier genommen, obwohl der ganze Haager Bote hatte daran glauben müssen. Nun trug ich ihn in der Hand.

Mit einem deutlichen Hinweis auf meine Hose grüßte ich (besonders freundlich) alle Leute, die mir begegneten, sie nahmen jedoch wenig Notiz von mir, nur der Haltenberger Lui, der auf dem Kirchgang auch einen wohlüberlegten Umweg machte, nur in umgekehrter Richtung, dankte mir jovial und freundlich. Aber ich wusste es schon, das galt nicht mir und meiner Hose, sondern meiner älteren Schwester Anna, um die er gerne herumschwänzelte.

Am Amtsgerichtsberg traf ich die erste Gruppe meiner Kameraden. Meine Hose wurde sofort bemerkt: „Uih jegerl, an Trautner Gustl schaugst o', der hot heut a lange Hosn o'! Und wia eng dass dö is! Dös is ja a Gigerlhosn!" Eine besondere Bewunderung, die ich dummerweise erwartet hatte, lag nicht in diesem Urteil.

Von der ehemaligen Schlossbrücke her kam mein Feind, der Mangelhammer Sepp, ein Bauerssohn von Joppenpoint, dessen Vater einmal über meine Ohren gekommen war, weil ich Steine in seinen Garten geworfen hatte. Er hatte mich kaum erblickt, da schleuderte er schon seine übelwollende Stinkbombe: „Uih, do schaugts! Der Herr Sprenghosenstutzer!"

Jugend ist grausam und spottet und höhnt viel lieber,

als dass sie anerkennt. Sie begeistert sich für eine sportliche Leistung, aber niemals für eine elegante Hose, besonders wenn sie ein anderer trägt. Das musste ich jetzt erfahren. Die ganze Korona mit Ausnahme des treuen Alisi, war wider mich, und ich und meine Hose, für die ich so zärtliche Liebe im Herzen trug, standen nun ganz plötzlich im grellen Licht der öffentlichen Kritik und des allgemeinen Spottes.

„Sprenghosenstutzer!" Eine Blutwelle des Zornes schoß mir in den Kopf und es wäre wohl sofort zum Kampfe gekommen, wenn nicht das „Z'amläuten" uns in die Kirche gerufen hätte.

Aber mit meiner Andacht wars schlecht bestellt. Ich hörte nicht den Allelujajubel der Musik auf dem Chore, nicht die Osterworte des Hr. Pfarrers auf der Kanzel, ich sah nicht die harzduftenden Weihrauchwolken, von denen unser Kooperator behauptete, sie stiegen wie ein Gebet zum Himmel, ich war von Zorn und Trauer zugleich erfüllt, dachte an die Beleidigung, die meiner Hose zugefügt, und sann auf Rache.

Der Mangelhammer, der Schuft! Den Sprenghosenkavalier werde ich ihm heimzahlen!

Anstatt nach dem Amte stillschweigend zu verschwinden, was das klügere gewesen wäre, eilte ich ihm nach. Ein Trupp Buben, wohl ahnend, dass es hier etwas zu schauen geben könnte, begleitete mich. Am Notarsgarten holte ich ihn ein und ging sofort zum Gegenangriff über: „Mangelhammer! Du Feigling! Du mit deiner Bauernhosn, deiner gscherten! Die kenn i schon. Die ko' ma' am Standlmarkt kaufen beim billigen Jakob um 3 M 50 Pf."

„Wos sogst jetz' do, du Springigerl, du windiga, mit deiner Gigerlhosn, deiner verhungerten! Geh her, wannst a Schneid host!"

Ja, die hatte ich schon und schon lagen wir uns in den Haaren und wälzten uns am Boden. Hie Bauernhosn! Hie Gigerlhosn! hieß der Schlachtruf

Abb. 10: Kampf am Ostermorgen

der beiden Parteien. Der Mangelhammer war älter, größer und stärker als ich, aber schwerfällig und langsam, ich ein flinkes, behändes Bürschlein und vom Zorn angefeuert. „Der Goliath und der David", schrie einer von den Zuschauern.

Ich vergaß den heiligen Ostersonntag und meine feine Hose, schlug mit den Beinen auf ihn ein und zerrte ihn an den Haaren. Er packte mich am Halse, riß mir die grüne Blitzkrawatte herunter und drückte mich auf den Rücken. „Ergib dich!" brüllte er, aber ich wollte nicht. Ich hatte Ehr im Leibe.

Vorübergehende Kirchenbesucher trennten uns, aber das Unglück war schon geschehen: Mein Hut war verbeult, die Krawatte, die gar nicht mir gehörte, lag beschmutzt am Boden und hinter mir ertönte ein vielstimmiges Hohngeschrei: „Dei Gigerlhosn is hi'! Kavalierhosn hots z'sprengt! S'Hemat schaugt da außa!"

Ich griff nach hinten. Wahrhaftig, die Naht des Hinterteils war der Überspannung nicht gewachsen und gerissen und aus dem Spalt quoll das weiße Hemd wie die Blüte aus dem Kelche. Und das schlimmste: Am rechten Knie klaffte ein fingerbreiter Triangel.

Ich war beschämt und weinte bittere Tränen! Meine Hose! Meine schöne Ostersonntags-Kavalierhose!

Der Mangelhammer warf mir einen triumphierenden Blick zu und trottete von dannen. Seine 3 M – Hose war zwar aus der Form geraten, aber unbeschädigt geblieben und hatte den Sieg davongetragen über die Kavalierhose von Schneider Zierer.

So endete dieser Ostersonntagsmorgen, dem ich mit so viel Freude entgegengewartet hatte, mit einer Katastrophe, und zu Hause musste ich auch noch die Schelte meiner Mutter über mich ergehen lassen.

Die Hose wurde zwar wieder ausgebessert, aber die Narbe am Knie blieb deutlich sichtbar und verdarb mir die Freude an ihr für immer.

Peter

Mein Nachbar, der Niedermeier Peter, Gastwirtssohn vom Hofgarten, war in der Schule ein Blödel. Er rutschte noch auf den Bänken meines 4. Jahrganges herum, obwohl er schon 12 Jahre zählte.

Auf die Fragen des Lehrers gackste und stotterte er meistens irgendetwas Dummes heraus und hatte dabei noch die seltsame Angewohnheit, während des Sprechens die rechte Hand auf den Scheitel zu legen, als müsste er durch Handauflegung seine paar armseligen Gedanken erst sammeln und nach unten zum Mund herausschieben.

Obwohl er natürlich bei seinen Mitschülern damit größte Heiterkeit auslöste, unterlag er immer wieder ganz unbewusst dem Zwang dieser komischen Geste.

Ein Licht also war der Peter nicht, das stand fest, aber er brachte das Wissen von den Dingen des Lebens mit. Er wusste, wo und wie man die Hirschkäfer in der Birket und die Rotaugen im Mühlbach fangen konnte, er verstand, die Grillen aus ihren Löchern zu kitzeln und getraute sich,

Abb. 11: Die Obstbäume im Schlosshof

Blindschleichen und Frösche in die Hand zu nehmen und in die Tasche zu stecken, wenn gerade ein Gefäß mangelte, auch verdiente er schon Geld als Kegelbub in der Gaststätte seines Vaters. Ja, im Leben war Peter uns voraus und stellte seinen Mann.

Eines Tages - die Ferienzeit war nah – machte er sich auf dem Heimweg von der Schule an mich heran. Er sprach kurz und knapp, der Peter, ohne viel Umschweife: „Gehst mit heit namittag?" Ich: „Wohin soll ich mitgehen?" „Im Schlosshof san Kirschen reif." „Im Schlosshof? Der is doch obgsperrt und der Schlüssel beim Rieder kost' 20 Pf." „Kimm no', i woaß an andern Weg."

Am Nachmittag trafen wir hinter unserem Hause beim

Holzbirnbaum zusammen. Peter war barfuss und befahl mir, auch die Schuhe abzulegen. „Konnst bessa kraxln," meinte er, und dann schritten wir das Weglein hinauf, das an der unteren Burgmauer emporführt zu einem der inneren Ringmauer terrassenartig vorgelagerten Obstgarten.

Hier überstieg er den Zaun an der Schmalseite des Gartens und forderte mich auf zu folgen. Ich erschrak und zögerte. Dieser Obstgarten gehörte der alten Brunnerin und die war in meinen Augen eine greuliche Hexe, eine Unholdin, die nur Böses im Sinne hatte und ihren Garten wie ein Cerberus bewachte. Oft schon hatte ich sie von unsrem Hause aus durch ihren Garten humpeln sehen, gestützt auf einen Hakelstecken, und doch schnellfüßig und lautlos. Wenn ihre graubraune Gestalt oben auf der Mauer erschien, glaubte ich immer ein Gespenst zu sehen. Ein Grausen überfiel mich und alle Geschichten von bösen Frauen und abscheulichen Hexen wurden in mir lebendig.

Bisher hatte ich mich nur an die Stachelbeeren gewagt, die zwischen den Zaunlatten heraushingen, nun sollte ich in diesen Garten hinein, weil's der Peter haben wollte. Er stand schon auf der Innenseite des Zaunes, merkte mein Zögern und zischte ungeduldig heraus: „Feigling, wennst du schon der Häuptling der Sioux sei wuist, derfts koan Angst nöt hobn.

Das wirkte. Ich stieg nun auch über den Zaun und wir schlichen an der Schlossmauer entlang, Peter voraus. Erst verbarg uns die Mauerrundung den Blicken des Brunnerhäusels, plötzlich aber stand die Hexenhütte vor mir – ganz nah: ein rechtwinklig vorspringendes Gebäude ohne sichtbares Dach, eingeklemmt zwischen Schlossimmerlhof und Schlossmauer und ebenso verwittert und verfallen wie diese. Eine Tür mit zwei schief übereinander liegenden Fenstern deutete an, dass hier jemand wohnte.

Mir war unheimlich zumute. Wenn jetzt plötzlich ihr Eulenkopf am Fenster auftauchte oder ihre bucklige graubraune Gestalt herausträte aus der schwarzen Türhöhle! Ich müsste in den Erdboden versinken vor Schrecken und Grauen.

„Dort is s'Loch," flüsterte Peter in meine Versunkenheit hinein und zeigte nach oben. Dann begann er auch gleich, an der senkrechten Mauer hinaufzuklettern, flink und behend wie eine Katze. Wie sicher griff er mit seinen Fingern und Zehen in jeden Spalt und jede Ritze! Ich bewunderte ihn und schwor mir, nie mehr über seine Handauflegung zu lachen.

Nun hatte er mit dem Oberkörper das Loch erreicht und ließ seine Beine herabbaumeln. Ich folgte ihm nach, aber ich kam nur langsam und mühselig aufwärts und begann an Händen und Knien zu zittern. Eine furchtbare Angst krampfte mein Herz zusammen.

„Häng di an meini Füaß oni", rief Peter mir leise zu, es gelang mir, und nun zog er mich vollends hinauf bis zur Maueröffnung, die weit genug war, unsere schlanken Knabenkörper durchschlüpfen zu lassen. Auf der anderen Seite gelang-

Abb. 12: Der Peter

ten wir zur ebenen Erde des Schlosshofes. Das Ziel war erreicht.

Nun hinauf auf die Bäume! Hui, wie ein König saß ich da oben auf meinem grünen Thron, in meiner grünen Laube, und der Tisch war mir köstlich gedeckt. Der Wind wiegte leise die Äste und fächelte mir Kühlung zu, die Blätter streichelten mir liebreich die Wangen und die schwarzen, zwar kleinen aber süßen Früchte sprangen mir von selber in den Mund.

Die Turmschwalben, deren Luftkünsten ich so gerne zusah, stießen ganz nahe mit lautem Gesirre über meinen Kopf hinweg und in den Löchern und Nischen des Schlossturmes konnte ich ganz deutlich ihre Nester unterscheiden.

Die Bäume ragten über die Ringmauer empor und gewährten mir von meinem Hochsitz aus einen Blick auf mein Elternhaus, auf die Häuser und Straßen des Marktes und hinaus ins weite, weite Land, das ein heiterer Himmel so lustig blau und weiß überstrahlte wie nur je.

Ein unbändiges Freiheitsgefühl überströmte mich und ließ alle ausgestandene Angst versinken. Mir war, als schwebte ich in der Gondel eines Luftballons mitten im unendlichen Luftraum, und Himmel und Erde seien mir untertan.

Peter war sachlicher eingestellt. Er sah und fühlte nichts von dem, er war nur mit seinen Kirschen beschäftigt. Drei und mehr auf einmal schob er in den Mund und nahm sich kaum Zeit, die Steine auszuspucken.

Nun hatte er genug. „Jetz' steign ma wieda obi", sagte er kurz, schwang sich vom Baum und kroch mit den Beinen voraus in das Mauerloch hinein. „Hinunta kimmst scho' alloa", rief er mir noch zu, - dann war er verschwunden. Ich folgte ihm nach, so schnell ich's vermochte.

Eben hatte ich mich durch das Loch hindurchgeschoben und tastete mit meinen herabhängenden Beinen nach Stützpunkten an der Mauer, da – oh Entsetzen! – tönte von unten herauf eine keifende Stimme. Bei Gott! Das war die Brunnerin! Ein lähmender Schrecken ergriff mich. Ich wollte zurückfliehen in den Schlosshof, aber es war zu spät, der Griff eines Haklsteckens umklammerte meinen Fuß und zog mich unaufhaltsam in die Tiefe. Ich rutschte, sank und fiel die Mauer hinab in die Arme der Brunnerhexe.

Schier schwanden mir die Sinne vor Grausen und wie aus weiter Ferne vernahm ich ihre geifernde Stimme: „Hob i jetz endli oan derwischt vo' deni Racker, di ollewei in mein Garten einasteign. Aber i wer' enk des no' austreibn. Di kenn i scho, du bist oana vo' dö de Bürgermoastersbuam, aber dös hilft di nix, jetz' kimmst eini ins schwarzi Loch."

Während sie so zeterte und feixte, fasste sie mich am Kragen - ich fühlte ihre knöchernen Finger am Nacken - und zückte ihren eichernen Stock in die Luft, so dass ich fürchtete, im nächsten Augenblick würde er auf mich niedersausen.

Ich schaute mich hilfesuchend nach Peter um, aber er war nicht mehr zu sehen. Der Schlaue hatte wohl vorher schon überlegt, dass die Brunnerin nicht zwei auf einmal erwischen konnte und hatte mich zu seinem Schutze in dieses abenteuerliche Unternehmen hineingelockt.

Ja, in den Dingen des Lebens, da war er mir über. Bei heftiger Gegenwehr wäre ich vielleicht noch losgekommen, aber mir erging es wie dem Frosch beim Anblick der

Schlange, ich war wie gelähmt und zu jedem Widerstand unfähig.

Ich verlegte mich aufs Bitten und beteuerte, nie mehr ihre Stachelbeeren zu stehlen. Dieses törichte Geständnis erzürnte sie noch mehr, sie stieß und zerrte mich durch einen dunklen unheimlichen Flöz in eine düstere Stube, die sie sofort hinter sich abschloss. Da saß ich nun auf einem schiefen Stuhl an einem wackligen Tisch wie ein Häuflein Elend, mit tränennassem Gesicht und schlotternden Knien und wagte kaum zu schnaufen. Hinter mir hantierte die Brunnerin am Herde. Vielleicht wetzte sie schon das Messer und schürte den Ofen. Jetzt schleppte sie einen Korb herbei und schüttete seinen Inhalt auf den Tisch. Es war ein großer Haufen Kletzen.

„So", sagte sie, „jetzt glabst mir dö guatn und schlechten voneinanda. Die guatn san die mürbn, dö schlechten san dö harten und wurmigen."

Während sie so sprach und mir an einigen Kletzen den Unterschied veranschaulichte, kam sie mir mit ihrem Gesicht und ihrem schmutzigen Kittel ganz nahe. Das vorragende spitze Kinn wackelte, als wäre eine Schraube locker geworden in ihrem Kopfe, der zahnlose verwelkte Mund, von einer langen Nase überschattet, verzog sich zu einer hässlichen Grimasse und der Evasapfel am Halse hüpfte beständig auf und nieder. Aus dem rostbraunen um den Kopf gewickeltem Tuch starrten graue borstige Haare hervor und zwischen den Brauen saß eine große bläuliche Warze. Ich sah das alles ganz deutlich und mich schauderte vom Wirbel bis zur Zehe.

Nun begann ich meine Arbeit, aber die Gedanken tollten in meinem Kopf herum wie gejagte Hasen. Ich dachte an meine Eltern und Geschwister, die mich vielleicht vermissen würden, an den Peter, ob er wohl schon mit Hilfe unterwegs wäre, an den Hr. Kooperator, der uns oft empfohlen hatte, in Herzensnot den heiligen Namenspatron anzurufen. Aber ich war nicht glaubensstark genug, vom hl. Augustinus Hilfe zu erwarten.

Ich weiß nicht, wie lange ich so dagesessen. Die alte Kuckucksuhr in der Ecke konnte es mir nicht sagen, sie hatte ihr Leben längst ausgehaucht und ihr einziger Zeiger hing kraftlos herunter wie ein totes Pendel.

Das Wetterhäuschen am trüben, vielfach geflickten Fenster hatte wie zum Hohne das Weibchen herausgeschickt, das bedeutete gutes Wetter und Sonne. Aber zu mir herein in mein dunkles Gefängnis drang keiner ihrer goldenen Strahlen. Dagegen funkelten mir vom altersschwachen Kanapée die grünen Augen einer Katze entgegen.

Eine Ewigkeit dünkte mir die Zeit, endlich humpelte die Brunnerin herbei, prüfte meine Arbeit, schob mir ein paar Kletzen hin und sagte mit versöhnter Stimme: „Do, dö konst ei'stecka. Aba kimm mir nimma in mein Gartn eina und loß mein Obst in Ruah.„

Dann sperrte sie den schrecklichen Kerker auf und ich schoß wie der Blitz hinaus in die Freiheit.

Niemand erfuhr von meinem Abenteuer, nur der Peter. Aber er schwieg wie die Nacht. „Denn“, sagte er, „wann di andern dös in d'Nosn kriagn, dass du di' vo' da oidn Brunnerin einsperren host lossn, dann is dei Stellung als Häuptling der Sioux erschüttert.“

Und er hatte wiederum recht. In der Schule war er ein Versager, ja aber in den Dingen des Lebens ein Meister – der Peter.

Pfingstmarkt

Nichts schöneres konnte es geben auf der Welt als die pfingstliche Natur rings um den Schlossberg.

Beinahe kniehoch standen die Wiesen draußen am Gidiberg und in der Freihaub'n in einer Formenfülle, Farbenpracht und Üppigkeit ohnegleichen. Erfinderische Schöpferkraft und verschwenderischer Zeugungswille der trächtigen Erde hatten hier Teppiche gewoben von unbeschreiblicher Schönheit und Pracht. Im grünen Grund der mannigfaltigen Gräser und Kräuter flammten zu hunderten die großen sonnengelben Sterne der Guchezer, schwangen die blauen zarten Glockenblumenkelche, wiegten sich die silbernen Strahlenaugen der Margeriten mit ihren hohen dünnen Stengeln und dazwischen hinein schimmerte das stille sanfte Rot der Lichtnelken jedem, der es sehen wollte.

Grün und stolz stand das junge Korn, noch nicht gebeugt von der Schwere der Körnerreife. Die Linden und Ahorne am Schlossberg prangten im vollen Laubschmuck und die Kastanien protzten im kerzenbestickten Hochzeitsgewande. In den Gärten hatten die Pfingstrosen ihre dicken rotknalligen Blüten voll entfaltet und strotzten von Gesundheit und Saft.

Nein, es konnte nichts Herrlicheres geben auf der Welt als diese überquellende Lebensfülle pfingstlicher Natur. Das fühlten auch die geschäftigen Herzen der Handwerker und Kaufleute, die das ganze Jahr über werkelten und schufteten um des lieben Geldes Willen. Heute am Pfingstsonntag ließen sie ihre dumpfen stockigen Läden und Werkstätten mitsamt ihren Sorgen allein und genossen zwischen den Wiesen, Feldern und Wäldern der Umgebung die Freiheit und Schönheit dieses einzigen Tages. Der Morgen schon schirrte sie wieder in das Joch der Arbeit, denn es war Pfingstmarkt, der größte des ganzen Jahres.

Da kamen von draußen die Bauern herein mit ihrer Sippe, in großen Scharen: Die Männer in dunklen langen, auseinanderglockenden Tuchhosen oder engen kniegebuckelten Ledernen und Kniestiefeln, grün- oder braunsamtenen Westen und kurzen Jacken, daran die Silbertaler eng aneinandergereiht glitzerten, als hätten sie zuhause in der Truhe keinen Platz mehr gefunden. – Die Frauen in faltigen Röcken und bunten Schürzen, die jungen und alten Gesichter eingerahmt von schweren, schwarzseidenen Kopftüchern, die hinten, zu einem Knoten verschlungen, in zwei Enden bis über den Rücken hinabzipfelten.

Am Amtsgerichtsplatz neben dem Zehentstadel hatte sich zum Empfang der Gäste in vier unordentlichen Reihen ein Verein alter Veteranen aufgestellt, die einen mager und dünnbeinig und von jedem Windstoß gefährdet, die anderen schwer, klobig, breitspurig ihren Platz beanspruchend je nach der Größe ihres Geldbeutels.

Das waren die Kramerstandl, die sich nun, während drunten in der Pfarrkirche die Orgel brauste, die Pfingstgesänge zum Himmel riefen und die Hl. Geist-Taube herniederschwebte, mit den leckersten und begehrenswertesten Dingen füllten, die ein Bubenherz entzünden konnten. Unter den Blachendächern lagen in schönster Gemeinsamkeit vereint: Magenbrot und rote Zuckerpfeiferl, Himbeersaftflascherl und Zwiefizeltl, Lebkuchen in allen Größen und Formen und Bärendreck. Letzterer war besonders beliebt wegen seiner Billigkeit und weil er sich den ganzen Tag in den Zähnen versteckt hielt und so einen langandauernden Genuss versprach.

Und waren bei den Spielwarenbuden die Windradln aus Glanzpapier oder bunten Federn, die Kapselbüchsen und Taschenmesser, Mundharmonika und Trillerpfeifen besonders gefragt, so wurden für die Bedürfnisse und Wünsche der Alten Hosen und Hüte, Schürzen und Tücher, Geschirre und Wetzsteine, goldene Ringe aus Messing und silberne Halsketten aus Blech sowie hunderterlei Dinge für den täglichen Gebrauch feilgeboten.

Nach dem Gottesdienst füllten sich die Budengassen mit Schau- und Kauflustigen. Ihr Gesumse und Geplausche drang bis zu uns herauf und gab uns Kindern das Zeichen, nun auch hineinzustürzen in die Freuden des Pfingstmarktes.

Mit dem herkömmlichen Pfingstmarktzehnerl in der Tasche ging es im Schuß hinab über den Schloßsimmerlberg, die Brust von Hoffnungen geschwellt, aber auch von Zweifeln gequält über die beste Verwendung des Geldes.

Gleich am Eingang hatte der „billige Jakob" seine Verkaufsbude aufgeschlagen und schon von weitem hörte man seine schreiende Stimme, die unermüdlich sprudelte wie der Pfarrhofbrunnen nebendran und einen Kreis von Zuhörern um sich zwang:

„Ei'kaft, Leit, ei'kaft! Heit kriagts ois gschenkt vo mir! A poor Hosnträga, so stark, dass eure Ochsn damit o'hänga könnts, zwoa March! Zwoa March a' poor prima Hosnträga! Und weil heit Pfingsten is, gib is um a' March fufzgi. A March fufzgi a poor prima Hosnträga! Geh her, du Krauttrampla, dir leg i' no' a Zahnbürschtl dazua für dei' Olte, die Kratzbürschten, damit sie sä d'Hoor wegbürschtln ko' vo'ihre wackligen Stockzähn. Ois um eine March fufzgi!"

Und wenn die schlauen Bauern noch zögerten mit dem Kaufe, weil sie wussten, dass der „billige Jakob" schon noch runtergehen würde mit dem Preis und mit scheinbar gleichgültigen Mienen darauf lauerten, plätscherte es weiter:

„Do Michl, nimms! Du kriagst no' a Kittschachtal dazua, damit'st dein Dickschädel zampappn konnst, wenn er an Sprung kriagt vom Hofenndeckl deiner holden Ehegattin. Ois zam a March fufzgi! A March zwanzgi! Und weils heit gleich is, - eine March! eine March für a poor prima Hosnträga, a Zahnbürschtl und a Kittschachtal!"

Jetzt holte einer der Umstehenden langsam und mit Bedacht seinen ledernen Zugbeutel aus der Tiefe seiner Hose und nahm für 1 M. die Hosnträger, das Zahnbürschtl und das Kittschachtal in Empfang. Sein Beispiel wirkte aneifernd und Dutzende kauften nun dieselbe Ware. Der „billige Jakob" hatte die Lacher und den Gewinn auf seiner Seite.

Viel bequemer wickelte sich das Geschäft ab für den Pferdemetzger drüben am Anfang der anderen Budenreihe. Mit eherner Ruhe wie ein Rosselenker stand er hinter seinen Fleischbergen. Er hatte es nicht nötig zu feilschen und zu schwatzen, denn seine runden feisten Würste und die rußgeschwärzten, verkohlten Holzklötzen gleichenden massigen Pferdeschinken, die einträchtig nebeneinander hingen, als gehörten sie noch zusammen wie ehedem, warben für ihn und redeten eine überzeugende Sprache. Schon ihr Duft zog die Käufer an wie das Zuckerstandl die Wespen.

Auch ich stand davor und starrte voll Verlangen auf die speckig glänzenden Wurstkürbisse, die so verführerisch und einladend lockten, sog die Rauchluft in die Nase und wägte im Geiste ihre Größe und Billigkeit. Ein Fünferl legte ich an für eine ansehnliche Scheibe, die ich sogleich an Ort und Stelle verzehrte mit dem Genusse eines Lukullus, der eine Nachtigallenzunge im Gaumen zerdrückt.

Das zweite Fünferl verwandelte sich in eine Schokoladenzigarre und damit war fürs erste mein Kapital verbraucht. Aber ich wusste schon, dass immer noch kleine Beträge nachfolgten, denn so ein Markttag war lang und die Versuchungen zahllos. Meine Zigarre steckte ich lässig wie ein Kavalier in den Mundwinkel und schlenderte genießerisch durch das Marktgetriebe, durch das Gelärm von Pfeiferln und Kindertrompeten, und gab mich ganz dem Vergnügen des Schauens hin.

Drunten am Fuße des Amtsgerichtsberges und am Bräuhausplatz hatten die Schausteller ihr Reich aufgebaut. Am Löwenbrunnen neben der Hauptstraße standen zwei Zigeunerweiber und besangen mit harten plärrenden Stimmen eine grausige Moritat, die irgendwo in der Welt sich zugetragen hatte, und roh gemalte blutrünstige Bilder, wie Kirchenfahnen aufgehängt, veranschaulichten das entsetzliche Geschehen. Ich betrachtete sie - das grobe Gesicht des Missetäters, seine grausige Tat, die Szene, wie ihm das Fallbeil den Kopf vom Rumpfe trennt und der rote Lebenssaft nach allen Himmelsrichtungen spritzt, als würde eine Blutwurst zerschnitten, - aber es fehlte mir jedes Verständnis für diese hässliche Welt der Triebe und Leidenschaften, und mein kindlicher Sinn widerstrebte solchem Nervenkitzel. Auch gruselte mir ebenso wenig wie dem, der auszog, das Fürchten zu lernen. Erschüttert schien mir der alte Leierkasten, der die Gesänge der Klageweiber begleitete, denn er winselte, jammerte und schluchzte mit gebrochener Stimme.

Viel lustiger ging es zu weiter unten am Kerngarten, wo der Kasperl sein Theater aufgebaut hatte. Zwar gab es dort auch Schlägerei und Schädelbruch, das entsprach nun einmal oberbayrischer Rauflust, aber es war ein ehrlicher Kampf zwischen zwei richtigen Gegnern, das fühlten wir schon heraus. Wenn der Kasperl die Köpfe seiner Widersacher, den Tod und den Teufel, den Polizeidiener und das Krokodil mit einem Kochlöffel oder einem Wagenscheit bearbeitete, - und er besorgte das gründlich und mit Humor, - so gewann er unsere volle Zuneigung und den grölenden Beifall namentlich der jüngsten unter den Zuschauern. Es floß ja kein Blut dabei und wir wussten, bis zur nächsten Vorstellung sind alle Köpfe wieder heil.

Auf dem Platz vor dem gräflichen Brauhaus orgelte das Karussell in seifigen Tönen ohne Atempause und die steifen hölzernen Pferdchen drehten sich unermüdlich im Kreise. Das „Prodafahrn" war nicht meine Passion, – ich wurde taumelig davon - aber ich schaute gerne zu und machte mich nützlich beim „Ringelstechats". Jeder Reiter konnte aus einer Metallscheibe, die in einiger Entfernung von den vorbeiflitzenden Rössern aufgestellt war, mit dem Finger einen Ring herausstechen, wenn er mutig und gewandt genug war und sich weit herauszubeugen wagte. Wer den goldenen Ring erwischte, genoss den Triumph des Sieges und eine Freifahrt. Ich wusste es schon so einzurichten, dass mein guter Freund und Kamerad, der Brumberger Alois, des öfteren den goldenen Ring vor die Nase bekam; denn er war armer Leute Kind, aber ein leidenschaftlicher „Prodafahrer" und das ließ sich schwer miteinander vereinbaren.

Das Schönste hatte ich mir für zuletzt aufgehoben. Den Zirkus, der neben dem Karussell auf einem von einem

Seil begrenzten runden Platz seine Vorstellungen gab. Ohne Geld drängte ich mich durch den Zuschauerkreis nach vorne und bestaunte, eingekeilt zwischen Lederhosen und Stallgerüchen, die Künste der fahrenden Leute. Ein aufgeputztes Schimmelchen bockelte im Kreise herum und sein sonderbarer Reiter, ein weißhaariger Pudel, vollführte die wunderlichsten Kunststücke auf dem Pferderücken, sprang ab und wieder hinauf, als wäre das die einfachste Sache von der Welt. Ein grell bemalter Hanswurst warf und fing Messer, Flaschen und Teller wie Gummibälle und lief auf den Händen mit dem Zwergschimmel um die Wette.

Jetzt sprang ein 12 – 13 jähriges Mädchen in den Kreis, knickste, schwang sich auf ein niedriges Seil, das quer über die Arena sich spannte, und seine schlanken zierlichen Trikotbeinchen trippelten behend und leichtfüßig darüber, während der bunte Papierschirm in seiner Rechten in den Lüften schwang. Sie lief vorwärts und rückwärts, die kleine Seiltänzerin, kniete nieder und stand wieder auf, sprang auf dem Seil, dass die Böcke schwankten und der Strang schwirrte, aber ihre Sohlen fingen das Seil so sicher, als fühlten sie den festen Boden der Erde unter sich. Dabei wippte ihr kurzes weißes Röckchen wie ein Bachstelzenschwänzchen und die Giselafransen, die ihr – wie bei meinen Schwestern – in schön geschwungenem Bogen zu den Brauen hereinfielen, schwebten auf und nieder wie ein wallender Schleier. Oh! Sie war herrlich anzuschau'n und ihre Kunst begeisterte mich. Auf einem Sitz in der Bockgabel ruhte sie aus, lächelte wie befreit nach allen Seiten und schickte unter dem Beifall der Zuschauer Kusshände aus mit so anmutiger Geste, als streue sie Blumen unter die Menge.

Plötzlich fiel ihr Blick auf mich. Vielleicht erregte meine schon zur Hälfte zusammengeschnullte Zigarre ihre Aufmerksamkeit, oder es freute sie die ehrliche Bewunderung, die mein Gesicht ihr entgegentrug. Sie lächelte, lächelte mich ganz allein an und ihr nackter Arm sandte vom Seile herab einen Kuss auf mich Unwürdigen. Viele sahen es und schmunzelten. Mir aber entfiel vor Schreck die Zigarre und schon traten Drängende sie in den Boden. Heiß stieg mir das Blut in die Wangen, allein ehe ich recht zur Besinnung kam, war sie in ihrem grünen Wohnwagen verschwunden.

Die Vorstellung ging weiter. Ein Mohr trat auf. Er rauchte gleichzeitig ein halbes Dutzend Zigarren, die er sich fächerförmig zwischen seine schwulstigen Lippen gesteckt hatte, wobei er die eine oder andere verschluckte und wieder zum Vorschein brachte, dann ließ er sich einen großen Stein auf seiner hochgewölbten Brust mit einem Beil zerschlagen. Aber das alles schaute ich nur mehr mit halben Augen, meine Gedanken weilten bei der lieben kleinen Seiltänzerin und meine Blicke suchten sie hinter den Vorhängen der rollenden Wohnung.

Nun fasste ich einen kecken Entschluss. Nach der Vorstellung eilte ich nachhause, erbettelte bei meiner Mutter noch ein weiteres Marktzehnerl und kaufte davon ein Lebkuchenherz mit der zuckrigen Aufschrift: „In treuer Liebe". Damit wollte ich ihr meine ergebene Bewunderung zum Ausdruck bringen. Aber Künstlerinnen sind für die Allgemeinheit da, nicht für alberne Jungen, das musste ich nun erfahren. Sie übersah mich vollständig bei der nächsten Vorstellung und ich wagte es nicht, eine Gelegenheit wahrzunehmen, um ihr mein lebendiges und zuckeriges Herz zu überreichen.

So aß ich das zuckerige selber auf und tröstete damit mein lebendiges.

Am frühen Nachmittag bewegte sich eine unabsehbare Prozession von Wallfahrern an unserm Haus vorbei nach dem Mekka Haags, dem beliebten Hofgarten, dem schönsten und aussichtsreichsten Bierkeller der ganzen Umgebung. Mancher der Pilgrime hatte sich einen neuen Hut erworben und trug nun zwei auf dem Kopfe, andere wieder führten einen weichselbaumenen, oben gegabelten Pilgerstab mit sich, denn man konnte nicht wissen, mit welchem Grad von Bierseligkeit man auf der Heimfahrt begnadet war.

Unter den schattenden Kastanien rauschte pfingstliche Lebensfreude auf. Die Kapelle Schußmüller blies und trank, der Bombardon quäkte mit Behagen, die Flöten schlugen Purzelbäume in den Höhen, auf der Kegelbahn rollten die Kugeln und knallten an die Bretterwand und draußen vor dem Garten krachten die Schüsse der Feuerstutzen über den Friedhofweg zum gegenüberliegenden Hang, wo der Vetter Josef als Zieler seines Amtes waltete, die Scheiben auf- und niederzog und die Treffer aufzeigte und verklebte. – Immer größer wurde die Anzahl der Banzen, die mit leeren Bäuchen neben dem Eingang zur Gaststätte Aufstellung nahmen und immer neue volle rollten heran, ließen sich unter Schmerzenslauten den blanken Hahnen in den runden Leib stoßen, um ihr köstliches braunes Blut zu verströmen für die durstigen Kehlen der Marktbesucher. Freude und Fröhlichkeit, Lebenskraft und Lebenslust schäumten hoch wie das Bier in den Krügen.

Draußen aber lachte die goldene Pfingstsonne und freute sich ihrer Geschöpfe.

Juniabend

Dann kamen jene wunderbar lauen, milden und hellen Juniabende, da der Abglanz der Sonne noch im Himmelsraum lag, wenn sie selbst, die Spenderin allen Lichtes, längst hinabgesunken über den Rand der Erde, ins Traumland entrückt war. Die Lüfte verstummten, das Laub erstarrte im Schauer der Stille und der sonst so dunkle Mantel der Nacht leuchtete in samtener märchenhafter Bläue.

An solchen Abenden blieb unsere Wohnstube verlassen und die ganze Familie saß draußen vor dem Haus, wo der Vater auf der jenseitigen Straßenseite, am Zaun vom Schloßsimmerlgarten, einen Tisch und Bänke hatte aufmachen lassen, damit wir die warmen Sommerabende im Freien genießen konnten.

Der große Nussbaum vom Gründnergarten auf der einen Seite und die Apfelbäume vom Schloßsimmerl auf der anderen griffen mit ihren Zweigen und Ästen brüderlich ineinander und wölbten in wohlmeinender Absicht ein grünes Dach über unseren Sommersitz, aber sie warfen uns zugleich ihre unreifen, überzähligen Früchte, ihr Raupengeziefer und ihr dürres Geäst in die Suppenschüssel, so dass der Vater noch ein „Pantaler" darüberspannen ließ, das die grelle Sonne des Tages und den unerwünschten Segen der Bäume auffangen konnte.

Es war ein wunderschönes Ausruhen da draußen unterm freien Himmel, nachdem wir uns müde getollt an den wilden Fang- und Versteckspielen des Tages, und wenn nun die Stunde der Dämmerung hereinbrach und das geheimnisvolle Auge der Nacht sich öffnete, verwandelte sich die Umgebung unseres Hauses in eine natürliche Freilichtbühne, die die seltsamsten Lichtwirkungen hervorzauberte, wie sie im Theater der Stadt nicht kunstvoller vorgeführt werden konnten.

Noch schimmerte am abendlichen Himmel eine feine zarte Röte, da krochen aus den Winkeln und Nischen der Mauern graue, weiche Schatten und legten sich wie Schleier über Zäune und Dächer, Büsche und Wege und alle Umrisse, Linien und Farben sanken ins Schemenhafte und Wesenlose zurück. Aus dem tintenblauen Himmelsrund traten die ersten Sterne und ihr milder, leise funkelnder Schein verlieh dem Bilde eine wundersame Ruhe und einen beseligenden Abendfrieden.

Aber die Spieler, die nun auftraten, hatten dafür kein Verständnis. In ihren Herzen wohnten Mordgedanken. Da hauste schon seit einigen Wochen unter den Planken des Gründnerstadels ein Igel (Kasimir), der zwar recht gutmütig und harmlos aus seinen winzigen Äuglein blinzelte und eine unschuldige Schnauze zu machen verstand, die auf ein sanftes Gemüt schließen ließ, aber er erwies sich als ein Strauchritter und Buschklepper schlimmster Sorte. Allabendlich in der Dämmerzeit kam er hervor aus seinem Holzbau, rollte wie eine schwarze Kugel über den Weg und verschwand drunten hinter dem Zaun unseres Gartens. Hier wütete der Tyrann und tötete alles Leben, das ihm auf seiner Raubfahrt begegnete, braune Wegschnecken und fette Raupen, träge Regenwürmer oder schlafende Käfer, und die Spuren der Tragödie konnten wir manchmal noch am nächsten Tage feststellen. So fanden wir einmal eine totgebissene Blindschleiche, die sein Magen nicht mehr aufnehmen konnte und die er nur aus Lust am Morden getötet hatte.

Aber auch in der Luft erschienen Räuber, die tagsüber unsichtbar waren und die Dämmerstunde für ihr lichtscheues Handwerk ausnützten. Man wusste nicht, woher sie kamen, ganz plötzlich tauchten sie auf, kurvten unentwegt, pausenlos, geräuschlos um das Haus mit flatternden Segeln, hin und zurück, hin und zurück und alles fliegende Kleinzeug, das in ihr Fangnetz geriet, war verloren. Mir waren sie unheimlich, die seltsamen gierig fliegenden Mäuse und man erzählte sich so merkwürdige Dinge von ihnen. Sie hatten keine Flügel, sondern eine bräunliche Flughaut, wie ein Regenschirm zwischen die Zehen gespannt, sie schliefen darin wie in einem Schlafsack, mit dem Kopf nach unten hängend, sie konnten den ganzen Winter ohne Nahrungsaufnahme leben und hatten es besonders auf die langen Haare der Mädchen abgesehen, darin sie sich verkrallten und nicht mehr herauszubringen waren. Ich verband mit ihnen die Vorstellung von düsteren, unbekannten Höhlen, wo sie zusammen mit dem kalten greulichen Gewürm der Molche und Schlangen hausen würden und all dem Getier, das die Helle des Tages mied und ich wurde in meinem Glauben darin noch bestärkt durch die Erfolglosigkeit, mit welcher ich ihre Schlupfwinkel aufzustöbern suchte. Ich fand sie nicht und unser Lehrer meinte, sie müssten in den unzugänglichen Nischen und Löchern der Schlossmauern ihre geheimen Hängestätten haben.

Und noch einer wohnte da oben im alten Turmgemäuer, auch ein Verächter von Sonne und Licht, ein einsiedlerischer, menschenscheuer Sonderling, der Tragöde unter dem heiteren Volk der Vögel, der rätselhafte, finstere Kauz mit seinen runden Sphinxaugen.

Wenn wir unterm Pantaler in stillem Geplauder beisammen saßen, wenn die Dunkelheit immer höher wuchs um uns herum und die Umgebung immer tiefer in die

Nacht versank, dann geschah es, dass plötzlich sein unsagbar trauriger, klagender schwermütiger Ruf zu uns herunterklang. Er machte das Gemüt beklommen und ließ das Blut erschauern. Das war keine Vogelstimme, das war der schaurige Ruf eines Verzweifelnden, die grausige Stimme eines Turmgeistes, dem ein quälendes Gewissen die Ruhe des Grabes versagte. Den Totenvogel nannten ihn die Leute und behaupteten, es müsse einer von den Menschen, die seinen unheilvoll klingenden Ruf vernahmen, bald sterben. Nun, mit dem Tode der Menschen hatte er wohl nichts zu tun, der Totenvogel, aber den Vögeln, die in den Zweigen schlafend vom seligen Erwachen im ersten Morgensonnenstrahl träumten, brachte er Verderben und Ende.

Wir waren froh, wenn das Nachtkonzert der Frösche einsetzte und die Gedanken wieder auf die Dinge des Lebens brachte. Von der „Hofner Lackn" herauf schallte ihr betrunkenes Gelächter, ihr Lästermäulerchor, der sich mit Behagen interessante Haager Geschichten erzählte. Es hörte sich gar nicht unangenehm an, dieses Gemauschel, nur die Ausdauer war ermüdend.

Ihr Gesang gab das Zeichen zum Beginn eines wunderhübschen Tanzspiels, das die vorausgegangenen tragischen Akte vergessen machte. Grünlich schimmernde Laternchen erschienen, schwammen in schrägen Zickzacklinien in geringer Höhe über den Boden hin und irrten und suchten wie ziellos dahin und dorthin. Ihr stiller magischer Schein schien von einer anderen Welt zu kommen, aus dem Zauberreich der Elfen und Gnomen, die sich zusammenfanden, um in den linden Lüften der Juninacht ihren Hochzeitsreigen zu tanzen. Und sie waren so paradiesisch vertrauensselig, die Leuchtkäferchen, ließen sich leicht mit den Händen fangen und glommen auf der warmen Haut ruhig weiter. Sie wussten wohl, dass es keines von uns Kindern übers Herz gebracht haben würde, eines von ihnen zu töten.

Manche glühten auch aus dem betauten Grase heraus, als habe dort ein Erdzwerg seine einsame Hütte aufgeschlagen und die Lampe seines Stübchens leuchte durch das offene Fenster in das Urwaldgewirr des Rasens hinaus. Leider dauerte ihr Sommernachtstraum nur wenige Tage. Wenn die Johannisfeuer verglühten auf den Gipfeln des fernen Gebirges, dann verschwanden auch sie wieder und blieben unsichtbar für ein ganzes Jahr.

Dafür leuchtete dann das stille Licht der Petroleumlampe und lockte Nachtschwärmer herbei, Schmetterlinge mit dicken unförmigen Leibern und dunkel gefärbten Flügeln. Sie gaukelten um die kleine Sonne im Taumel trunkener Glückseligkeit und manch einer musste seinen Wonnerausch mit dem Verbrennungstod bezahlen.

Zuweilen ersetzte der helle Schein des Mondes die Lampe, dann schimmerten die weißgrauen Mauern des Burgturmes fahl und gespenstisch in den blauen Nachthimmel. Büsche und Bäume glänzten unwirklich silbern, legten bizarre krause Schatten über den Weg und die Frösche kauderwelschten noch lauter und lärmender.

Es wurde der Operngucker geholt, der seinen Namen ganz zu Unrecht trug, denn meines Wissens wurde damit niemals eine Oper beguckt, sondern wir betrachteten durch das Glas die dunklen Flecken der Mondscheibe, suchten das schwachweiße Band der Milchstraße zu enträtseln und verfolgten den Weg des „großen Wagens", der immer tiefer hinabsank am nördlichen Himmel. Manchmal schoss eine Sternschnuppe über das nachtdunkle Gewölbe, leuchtete auf wir ein glühender Stab und war schon wieder verblasst, ehe wir den Wunsch bloß denken konnten, den sie uns erfüllen sollte. Einmal sahen wir sogar einen Stern, der einen feurigen Schweif ausstrahlte wie der Stern von Bethlehem über unserer Krippe. Mit bloßem Auge war er monatelang sichtbar, der Komet, und brachte die Menschen in Aufregung.

Mich versetzte das Betrachten der unerreichbaren Welten und rätselvollen Fernen des Sternenhimmels und die vom bleichen Mondlicht überströmte Landschaft in eine leise Melancholie, und ich flüchtete gerne in die bunten Träume des Schlafes.

Firmung

Die Firmung stand nahe bevor. Der Glanz dieses Ereignisses strahlte schon Tage vorher seine Wirkungen nach allen Richtungen hin aus. Auf die Haager, die Girlanden banden und Kränze flochten zum Schmucke ihrer Häuser und tannengrüne Ehrenpforten errichteten zum würdigen Empfang Sr. Exzellenz des Erzbischofs Dr. v. Stein, - auf den Glasschrank meiner Mutter im „Schönen Zimmer", der seinen silbernen Schatz an Löffeln, Messern und Gabeln hergeben durfte für die erzbischöfliche Tafel drunten im Pfarrhofe, - und nicht zuletzt auf meinen Bruder Pepi, der als Firmling im Mittelpunkt des Geschehens stand und diese seine Würde genoss wie ein Schauspieler die Bewunderung seiner Zuhörer. Wir beneideten ihn. Er hatte ein neues Gewand bekommen und einen neuen Hut und sein Firmgöd, der Privatier Lackner war ein vermöglicher Mann, der sich gewiss nicht lumpen lassen würde, wenn es galt, seinem Patenkind eine herrliche Firmungsuhr zu spendieren. Pepi schwelgte in den kühnsten Hoffnungen und malte sich schon in voraus aus, wie schön es sein würde und wie vornehm es wirken würde, wenn er seinen Chronometer – so nannte er seine zukünftige Firmungsuhr – herauszöge, um festzustellen, dass das Weltenrad der Zeit sich wiederum 5 Minuten weiterbewegt habe. Dagegen betrachtete er den erzbischöflichen Ritterschlag, der ihn in die Schar der Streiter der Kirche einreihen sollte, als eine recht nebensächliche Angelegenheit.

Auch die Mutter war in bester Stimmung, denn sie fühlte sich geehrt, dass der Hr. Erzbischof mit ihrem Tafelsilber speisen werde, nur Vaters Laune stand auf „Gereiztheit" und war lärmempfindlich wie ein Membranhäutchen. Seine Hand saß besonders locker in diesen Vorfirmungstagen und quittierte jede Störung sofort mit einer saftigen Ohrfeige, gegen die der erzbischöfliche Backenstreich als eine Liebkosung empfunden wurde. Aber wir empfingen sie ohne Groll, denn wir wussten: Unser guter Vater würde als Bürgermeister des Ortes am heftigsten geschaukelt vom Wellenkreis der kommenden Geschehnisse. Er trug die Verantwortung für den reibungslosen Verlauf der Empfangsfeierlichkeiten und hatte außerdem eine Rede einzustudieren für die abendliche Serenade vor dem Pfarrhaus, in welchem der Herr Erzbischof Wohnung nahm.

Dieser Pfarrhof hatte damals vor mehr als 50 Jahren eine merkwürdige Nachbarschaft. Es saßen nämlich Stromer und Vagabunden in dem Gebäude nebenan, das sich so freundschaftlich an den Rücken seines Zwillingsbruders lehnt und mit seinem Dache ohne erkennbaren Abschnitt hinübergreift zu seinem Kameraden, so dass man wohl behaupten konnte, die Brüder Straubinger und der

Pfarrherr wohnten unter einer Haube. Die gleich hohen und gleich langen Gebäude scheinen auch in einem Zuge erbaut worden zu sein, aber ihre verschiedenartige Zweckbestimmung unterschied sie doch von außen. Der Pfarrhof zeigte eine stattliche, blumengeschmückte Fensterreihe, das kgl. Amtsgerichtsgefängnis dagegen schmale eisenvergitterte Mauerschlitze.

Zwar beherbergte es keine ausgemachten Bösewichter und Schwerverbrecher, sondern nur vagierende Handwerksburschen und gewerbsmäßige Bettler, - die im Übrigen gemeinsam mit ihrem Betreuer, dem Gefängnisverwalter Reichl ein recht idyllisch geruhsames Dasein führten - aber immerhin bestand die kuriose Tatsache, dass hier Tugend und Laster unmittelbar nebeneinander wohnten und sich in den Suppentopf schauen konnten. Eine Berührung der beiderseitigen Lebensäußerungen ließ sich deshalb nicht immer vermeiden, so z.B. heute.

Der Gendarm hatte wieder einmal einen eingebracht, einen Tippelbruder von der Landstrasse mit grauem, ruppigem Bart, gekrümmtem Rücken und armseligem Fleckerlteppichgewand. Am Morgen auf dem Schulweg war er an uns vorbeigehumpelt und hatte beinahe lustige Augen gemacht, als er bei der Schlossbrücke den Triumphbogen für den Herrn Erzbischof mit der weithin leuchtenden Aufschrift: Willkommen! durchschreiten musste. Nach Aussage des Schandi war er augenblicklich der einzige Zelleninsasse und konnte also ungestört, wenn auch nur mit den Ohren, teilnehmen an der abendlichen Huldigungsfeier.

Ihrer Abhaltung stand nichts mehr im Wege, denn am Nachmittag war auch Sr. Exzellenz angekommen und in feierlichem Zug just durch denselben Triumphbogen zu seinem Wohnsitz geleitet worden.

Am Abend waren wir Buben die ersten zur Stelle und sicherten uns Plätze auf des Pfarrers Gartenzaun, von wo aus man alle Begebenheiten am besten überschauen konnte. Mit beginnender Dunkelheit versammelte sich alles, was nicht in Windeln lag oder durch Alter und Krankheit ans Haus gefesselt war, auf dem Platz vor dem Pfarrhause.

Es war eine einzige große Familie, die sich hier zusammenfand: Der Kirchenchor und die Kapelle Schußmüller mit blitzblank geputzten Trompeten und Hörnern, die alten Veteranen mit Fahnen, Kriegsorden und Ehrenmünzen an der Soldatenbrust unter Führung des Privatiers Lackner, der alles in die „Chronik" schrieb, „da mas woa", die jungen Turner in schwarzen Hosen, runden breitkrempigen Hüten und feschen grauen Turnerjacken, daran in Kreuzform die vier „F" glänzten: Frisch, Fröhlich, Fromm, Frei! – und schließlich die unentbehrlichen Feuerwehrleute mit kriegerischen Messinghelmen auf den gutmütigen Bürgerköpfen und breiten Gurten um die dicken Bäuche. Unter ihnen befand sich auch Vetter Josef, der heute auch einmal zum Bewusstsein seiner Würde gelangte und wie ein irrender Komet bald hierhin, bald dorthin sauste und für Ordnung sorgte, die kein Mensch auch nur im Geringsten zu stören beabsichtigte.

Zuletzt erschienen in feierlicher Haltung und Miene und ebensolchen Cylindern die Mitglieder der Gemeindeverwaltung, an ihrer Spitze mein Vater, der heute die Würde seines Amtes in besonderem Maße genoss und entfaltete.

Fackeln wurden entzündet, sie knisterten, qualmten und flackerten unruhig im Abendwinde und warfen gespenstische Schatten auf die hell erleuchteten Mauern des Pfarrhauses. Jetzt öffnete sich dort ein Fenster und in seinem Rahmen erschien das bleiche durchgeistigte Gesicht Sr. Exzellenz des Hrn. Erzbischofs und dahinter die rundliche wohlgenährte Gestalt des Hrn. Pfarrers.

Ein Taktstock hob sich empor – und ein feierlicher Choral, der die Stimmen der Menschen und Instrumente zu brausenden Accorden zusammenschmolz, stieg hinauf zum nächtlich dunklen Himmel, widerhallte an den Häuserwänden und vereinigte alle Herzen zu einem einzigen Pulsschlag des Bekenntnisses der Treue, Verehrung und des Dankes zu ihrem geistlichen Obern.

Und dann redete mein Vater und seine mir so vertraute Stimme klang laut und deutlich über den ganzen Platz hinweg und erfüllte mich mit stolzer Freude, denn er verstand es meisterhaft, die Gedanken und Gefühle der ganzen Gemeinde in wohlgewählte Worte umzusetzen. Ab und zu hörte man ein leises Schneuzen von Frauen, die ihre tränenerfüllte Rührung zu unterdrücken versuchten, und das taktmäßige Räuspern des Beigeordneten Schätz, der damit seine Anwesenheit und Würde unterstreichen wollte.

Jetzt schwoll Vaters Stimme noch stärker an und hallte mit befehlshaberischem kommandierendem Pathos über die Versammlung hin: „Seine Eminenz, der hochehrwürdigste Herr Erzbischof, unser geistlicher Oberst, er lebe Hoch! – Hoch! Und zum drittenmale: Hoch!!

Bei jedem Hoch hüpfte sein seidiger Cylinder auf und nieder wie einspringender Kater und seinem Beispiel folgten hunderte von Mützen und Hüten. Die aufgerüttelte Menge stimmte jedesmal mit ein in das „dreimal donnernde Hoch", und wir Buben schrien am lautesten. Der

Jubel und die Begeisterung ergriffen auch die Hörner, Trompeten und den Bombardon und sie schmetterten jedem Hoch einen brausenden Tusch: Ta, tara, ta, ta! – hinterdrein.

Es war unbeschreiblich schön. Aber da geschah etwas Unerwartetes. Kaum war der letzte Jubelton der Musikkapelle verklungen, da tönte in die plötzliche Stille hinein nochmals ein langgezogenes aus rauer Kehle kommendes Hooooch, das sich anhörte wie die Stimme eines Rufers aus der Wüste, wie der Schrei eines Verbannten, den die Einsamkeit zu erwürgen droht. Es klang nicht nah und klang nicht fern. Es kam auch nicht aus der Menge heraus, es rief wie aus der Unterwelt, aus einer Gruft oder aus der Erde selbst.

Alles hob betroffen die Köpfe und horchte, und in die künstliche Pause platzte wie eine Bombe unser ebenso ungezogenes wie unzeitgemäßes indianisches Geheul, denn wir wussten, wer der seltsame Hochrufer war. Er saß drinnen im Amtsgerichtsgefängnis, in der Zelle Nr. 1, mit ruppigem Bart, gekrümmtem Rücken und zerflicktem Kittel. Vielleicht hatte ihn sein Vagabundenübermut gepackt, vielleicht das Bedürfnis zu dem Rufe veranlasst, auch einmal mitzufeiern in einer Gemeinsamkeit von Menschen und eingebettet zu sein in die Zusammengehörigkeit gleichgesinnter Seelen.

Der Gefängniswärter Reichl, der für das Wohlbetragen seines Schützlings verantwortlich war, eilte bestürzt ins Haus, aus der Menge hörte man ein unwilliges: „Sst, sst!" mit deutlicher Richtung auf uns und unser Gelächter, dann sprach der Erzbischof ruhig und vornehm einige schlichte Worte des Dankes und beendete so den unprogrammmäßigen Zwischenfall.

Die Gemüter beruhigten sich schnell, denn sie wurden von einem neuen Schauspiel gefesselt. Plötzlich flammte der alte Schlossturm auf wie eine riesige Fackel. Von rotem Licht überglutet stand er wie eine gewaltige Feuersäule gegen den blauschwarzen Nachthimmel und aus den Bäumen ringsum sprühte grünes Gefunkel nach allen Seiten, als hingen tausende von Smaragden daran. Ein Zaubergarten aus der Wunderwelt von „1000 und eine Nacht" tat sich auf, und ich glaubte, nun müsse jeden Augenblick der mächtige Geist des Aladin erscheinen und die Menschen nach ihrem Begehr fragen. Das rote und grüne bengalische Licht floß herab über die alten Burgmauern, über die Dächer und Wände der Gebäude und tauchte die Menschen und den ganzen Platz in die Flut eines hellen unirdischen Lichtes. Nochmal rauschte ein Lied empor, dann war die Feier beendet.

Am nächsten Tag, nachdem die Firmung vorüber, der süße Met beim Lebzelter getrunken und die silbernen Firmungsuhren im Gleichtakt schlugen mit dem Herzen ihrer glücklichen Besitzer, da gab es in unserem Haus noch eine kleine Palastrevolution.

Der Vater hatte sich nach dem Mittagessen oben bequem hingestreckt auf das Ledersofa in der Wohnstube, um auf seinen wohlverdienten Lorbeeren auszuruhen, die Mutter hantierte mit aufgekrempelten Ärmeln in der Küche, und wir Kinder bewährten uns eben draußen auf den Planken und Brettern vorm Gründnerstadl als Seiltänzer, als plötzlich von irgendwo her der Alarmruf ertönte: „Deifi, da Erzbischof!" Wahrhaftig, Seine Exzellenz kam in Begleitung des Herrn Pfarrers geradeswegs auf unser Haus zugeschritten.

Wenn du, teilnehmender Leser, schon einmal den Einbruch eines Wolfes in eine Schafherde beobachtet haben solltest, so kannst du dir eine leise Vorstellung machen von dem Aufruhr, der in unserm Hause entstand.

Der Vater fand gerade noch Zeit, seinen Hausrock gegen einen besseren zu vertauschen, die Mutter strich hastig ihr Kleid zurecht, wir Kinder aber starrten von unsern Brettern aus wie gelähmt und blöde auf den Erzbischof, wie auf eine Geistererscheinung und fanden nicht einmal so viel Sammlung, seine winkende Geste zu erwidern.

Man wollte ihn ins „Schöne Zimmer" führen, er aber setzte sich lieber in die Wohnstube und verlangte die Kinder zu sehen, und so fand sich schließlich nach einem flüchtigen Finger- und Nasenappell die ganze Familie im Wohnzimmer zusammen.

Wie er so da saß auf dem nicht mehr einwandfreien Rohrstuhl mit einem großen goldenen Kreuz auf der Brust und dem rotvioletten Käppchen auf dem mächtigen Haupte, da war's mir, als sei der hl. Paulus selbst herabgestiegen vom Hochaltar drunten in der Kirche und sei in persona in unser Haus gekommen. Eine übermächtige Gewalt fühlte ich von ihm ausgehen. Das heimliche, vertraute Gefühl des Geborgenseins in unserer kleinen Stube flüchtete vor der Erhabenheit seiner Person und der Raum schien mir in eine Kirche verwandelt, in der ich in Ehrfurcht kein Wort zu flüstern wagte.

Der Hr. Erzbischof fragte jeden von uns nach seinem Namen und seinen Absichten für die Zukunft, aber darüber hatten wir uns noch wenig Gedanken gemacht, und so kamen unsere Antworten nur zögernd stockend und unbeholfen heraus und hinterließen bei Seiner Exzellenz sicherlich nicht den Eindruck besonderer Begabungen.

Ich sah es meinem Vater an, dass er am liebsten wieder

etwas handgreiflich nachgeholfen hätte, - er war von den vergangenen Tagen her in Übung - aber die Anwesenheit des großen Würdenträgers zügelten sein jähes Temperament und verhinderten den Ausbruch seines Zornes. Vielleicht hätte der hohe Herr, der wegen seines schlagfertigen Witzes bekannt war, gebeten, ihm nicht ins Handwerk zu pfuschen.

Wir waren alle froh, die Eltern auch, als er das Haus wieder verließ, und die Spannung löste sich auf in allgemeine Freude über die hohe Auszeichnung, die unserem Hause zuteil geworden.

So wäre alles in schönstem Butter geschwommen, aber da kam Pepi nachhause, geschlagen, vernichtet, wie ein Feldherr, der eine Schlacht verloren. Wir wollten seine Firmungsuhr sehen, seinen Chronometer, aber er zog ein unscheinbares Heftchen aus der Tasche und sagte mit schicksalhafter Ergebenheit: „A Notizbüachei hob i kriagt."

Es war jedoch ein Sparkassenbuch über 25 M, also mehr Geld, als eine solide silberne Firmungsuhr gekostet hätte.

Die Meerschaumpfeife

In damaliger Zeit kam eine Mode in Schwung, die wie eine Seuche die gesamte rauchende Männerwelt unseres Ortes und wahrscheinlich auch anderswo ergriff. Aber es war eine harmlose und gutartige, nämlich der Gebrauch von Zigarrenspitzen und Pfeifen aus Meerschaum.

Meerschaum! Schon der keusche, leichte, flockige Name war verlockend. Wer dachte dabei nicht an blaues Wellengekräusel, an gischtendes Wogenspiel, dem Aphrodite entsteigt, die schaumgeborene Göttin des Meeres. Und in der Tat besaß dieses künstliche Gemengsel von Magnesium, Alaun und Wasserglas die zarte Haut einer Venus, sie war so kühl und warm zugleich, so wunderbar mattweiß und elfenbeinschimmernd wie durchbluteter Marmor.

Und da der Stoff sich auch plastisch formen ließ, kamen erfinderische Bildhauer auf den Gedanken, die Meerschaumzigarrespitzen mit Skulpturen zu schmücken. Es entstanden wahre Wunderwerke bildnerischer Schöpferkraft, die entsprechend vergrößert, in jeden hochherrschaftlichen Park hätten hineingestellt werden können. Die dabei verwendeten Motive standen allerdings mit dem Genuss des Rauchens in keinerlei Beziehung, sondern wendeten sich bewusst an die künstlerisch-seelische Artung des Besitzers eines solchen Spitzes, an seine private Liebhaberei und deshalb eigneten sich die Meerschaumspitzen ganz besonders als Geburts- und Namenstagsgeschenke an Verliebte, Verlobte und Verheiratete. Die Geberin konnte durch eine passende Auswahl des Motives ihre persönliche, seelische Verbundenheit mit dem Beschenkten betonen, in dem Sinne etwa: „Siehst Du, mein Schatz, ich verstehe Dich und Deine Wünsche, oh – wir zwei sind ein Herz und eine Seele."

Man konnte also z.B. einem Jagdliebhaber einen „Spitz" mit einer „Gemse auf steilem Grat" als Angebinde überreichen, oder dem Bräutigam in Andeutung seiner bejahenden Gefühle ein zärtlich verschlungenes Meerschaumpärchen; man konnte dem Ehegatten eine schaumgeborene Göttin verehren und dabei die Reize seiner eigenen Persönlichkeit in Erinnerung bringen.

Und man erreichte damit noch ein zweites. Jedes echte Raucherherz war auch in rauchsportlicher Hinsicht hoch befriedigt, denn es wurde mit dem Besitze einer Meer-

schaumspitze oder –pfeife gleichsam zu einem Wettkampf aufgerufen, indem der Beschenkte nun gewissermaßen die Pflicht übernahm, den „Spitz" oder die Pfeife schön braun und fleckenlos anzurauchen.

Abb. 13: Die Meerschaumpfeife

Der Meerschaum besaß nämlich die wunderbare Eigenschaft, bei längerem Gebrauch eine herrliche braunsamtene Tönung anzunehmen, die in Abstufungen zwischen dem edlen Gold des Tabaks und dem dunklen Braun von Kaffeebohnen schwankte. Und jeder Raucher setzte seinen größten Stolz darein, eine selbst angerauchte, makellose Spitze oder Pfeife zu besitzen, wie jeder richtige Bergsteiger von der Zunft stolz darauf ist auf seine abgewetzte, von den Narben vieler Klettereien bedeckte Krachlederne.

Unter solchen Umständen war es nicht verwunderlich, dass die Meerschaumspitzen und –pfeifen in Haag sich vermehrten wie die Maikäfer, und der Wagner und Drechslermeister Ederer nicht genug herbringen konnte für seine Auslage.

Die plastischen Gebilde wurden immer pomphafter, thronten wie Schneckenhäuser auf einem Posthorn und die schräg und kühn nach oben weisende Zigarre verlieh dem Träger etwas Stolzes, Männliches, Herausforderndes.

Aber jedermann weiß, kein Ding auf der Welt ist vollkommen, und so musste sich auch der Meerschaum-Zigarrenspitz-Inhaber mit einigen Nachteilen abfinden.

Die Meerschaumspitzen zeigten die Launen vornehmer Damen, sie verlangten einen pflegerisch und sorgfältig veranlagten Charakter, den man nicht bei jedermann voraussetzen konnte, sie vertrugen keine klobigen, unzärtlichen Hände und waren gewöhnt, in einem seidenen Ruhebett zu liegen, das ihr Ritter immer mitschleppen musste, sie ließen sich auf keinen Fall nachlässig oder so nebenbei behandeln und zwischen die Zähne nehmen wie die Papierspitzeln mit dem ordinären Gänsekiel, sie taugten nicht für Holzer und Fuhrknechte, - nein – sie forderten schon die ganze Würde und Haltung eines feinen Kavaliers, wie solche etwa der Gerstl Josef, der Schustergeselle, oder sein Freund, der Kleiderkünstler Zierer aufbrachten. Die verstanden das und führten ihre skulpturüberladene Meerschaumzigarrenspitze mit vornehmer Geste und vollendeter Grandezza von und zum Munde, wobei sie deren braune Schönheit unauffällig und doch allen sichtbar zu zeigen verstanden. Freilich war der Genuss des Rauchens dadurch beeinträchtigt, aber er wurde durch einen ästhetischen reichlich wettgemacht.

Eines Tages wurde auch mein Vater vom Meerschaumbazillus ergriffen, aber als reiferer Mann bestellte er sich keine jugendliche Spitze, sondern eine schon würdigere Meerschaumpfeife, und zwar bei der Firma May und Edlich in Leipzig, die alljährlich ihren illustrierten Preiskatalog bei uns ablegte, und sämtliche Bedarfsartikel des Tages vom Hemdknöpfl bis zur Schuhwichse auf Lager hatte. Nach langer Beratung und unter Teilnahme aller Familienglieder wurde eine schön geformte und von der Firma als besonders preiswert empfohlene Meerschaumpfeife gewählt und bestellt, und eines Tags brachte sie der Vetter Joseph, der Postbote, persönlich ins Haus.

Das Auspacken vollzog sich in feierlichster Form, wie es bei der Enthüllung von Kriegerdenkmälern üblich ist, und jetzt lag sie vor unser aller Augen.

Nun ja, - vielleicht hatten wir zu viel erwartet. Das Pfeifenrohr war brauner Weichsel wie bei den anderen Pfeifen auch, der graue Beißer daran aus dem Horn eines Rindviehes, das einst irgendwo im Mecklenburgischen geweidet haben mochte, aber der Kopf, die Seele des Ganzen, der Kopf war echter Meerschaum, er glänzte wunderbar gelblichweiß wie eine Billardkugel und ruhte in den blauweichen Kissen eines roten Futterals wie ein kostbares Geschmeide. Mein Bruder Pepi, der phantasiereiche, meinte, es sähe so aus, als läge eine schöne hüllenlose Frau in einem seidenen Prunkbett.

Nun musste er aber auch angeraucht werden und das bedurfte einer gewissenhaften theoretischen Überlegung, damit eine gleichmäßige Bräunung gewährleistet war. Die Glut durfte nicht übermäßig stark sein, aber auch nicht zwischenhinein verlöschen, weil sich sonst unschöne Ringe bildeten um den Leib, und auch das Berühren des Kopfes mit den Fingern war möglichst zu vermeiden. Ob die warme, pilzbraune Färbung durch die Hitze der Tabakglut oder durch den Rauch erzeugt würde, darüber war sich der Vater selbst noch nicht im Klaren, und er nahm sich vor, auf beides sorgfältig zu achten.

Am Abend saßen wir alle unterm Pantaler vor dem Haus und dann kam der bedeutsame Augenblick, da der

Vater mit wichtiger Miene die Meerschaumpfeife stopfte und in Brand setzte. Wir vergaßen heute das Herumtollen auf den Wegen und Wiesen, und schauten dem Vater beim Rauchen zu und warteten auf das Braunwerden des Kopfes.

Die abendlichen Stunden, da das kühle schäumende Bier auf dem Tische stand und der Vater eine von seinem halben Dutzend Pfeifen rauchte, waren die gemütlichsten des ganzen Tages. Da paffte er mit Wohlbehagen die süßduftenden Wolken in die Luft, ließ seine Gedanken mitspazieren wie sie wollten, Ärger und Sorgen des Tages zerflossen in den Kringeln und Schwaden des Rauches und ein friedlicher Gemütszustand ergriff ihn und die Familie. Das Rauchen löste bei ihm und bei uns immer die Spannungen und brachte seelische Schwankungen ins Gleichgewicht.

So war das bisher, aber heute, - heute kam der Vater nicht in rechte Stimmung, das merkte man in seiner Haltung, heute war ihm das Rauchen nicht wie sonst ein stiller Genuss, sondern eine Aufgabe, eine Verpflichtung. Die neue Pfeife war da und wirkte wie ein anspruchsvoller Besuch, der beachtet sein will. Heute war die Pfeife die Herrin und der Vater ihr Diener. Wie nach der Uhr gemessen sog er in regelmäßigen Zeitabständen an dem grauen Hornbeißer, um eine gleichmäßige Glut zu erzeugen, und jeden Mund voll Rauch blies er zärtlich und liebkosend um den glatten Kopf, so dass er beständig in Wolken gehüllt war wie die Engelsgesichter beim Hochamt.

Dabei hielt seine Hand ganz unrauchermäßig das Weichselrohr umspannt, und gab ihm den Eindruck eines blutigen Anfängers in der Kunst des Pfeifenrauchens.

Das Braunwerden brauchte seine Weile und ging nicht so schnell vonstatten als wir Zuschauer uns gedacht hatten, wir mussten eine ganze Woche warten, bis die erste dunklere Tönung sich zeigte. Sie begann am oberen Rande des Kopfes und wurde nach unten allmählich schwächer, so wie – allerdings in umgekehrter Richtung – das Morgenrot immer mehr verblasst, je höher es gen Himmel steigt.

Wir freuten uns über diesen ersten Anfang und betrachteten nun täglich beim Frühstück mit Eifer und Teilnahme das fortschreitende Dunklerwerden des Pfeifenkopfes. Er hing untertags hinten in der Ofenecke in Gesellschaft von schlichten Porzellan- und Holzköpfen und schien auf seine sanftbraunen Wangen ordentlich eitel zu sein.

Aber eines Morgens entdeckte mein Bruder Rudi, dem das Geschick einen fanatischen Schönheitssinn in die Wiege gelegt hatte, etwas Furchtbares. Der Pfeifenkopf aus Meerschaum hatte über Nacht Sommersprossen bekommen. Er war mit bräunlich-gelben Tupfen übersät wie das Gesicht eines blonden Mädels in der Julihitze und sein oberer Rand zeigte größere helle und dunkle Flecken und erinnerte an das Antlitz eines Gletscherwanderers, der den Schneebrand sich zugezogen und nun im Zustand des Häutens sich befindet.

Es war schrecklich. Kein Mensch konnte sich die Ursache dieser Katastrophe erklären. Ja, was war da zu machen? Die Mutter schickte uns aus dem Hause, um den Vater unter vier Augen das Unglück von der Meerschaumpfeife mitzuteilen, und wir wunderten uns, als wir mittags von der Schule heimkamen, dass sie nicht mit zerschmettertem Schädel draußen auf der Straße lag, sondern noch mit unschuldsvoller Miene, als wäre nichts geschehen, am Pfeifenbrett hing. Das war nur Mutters gütigen Zureden zu danken, die dem Vater die vernünftige Ansicht beibrachte, dass ein gutes Rauchen viel wichtiger wäre als ein mehr oder minder schöner Pfeifenkopf.

Der Vater aber wollte von dem „Glump" der berühmten Firma May und Edlich nichts mehr wissen und nahm die hölzernen und porzellanenen Pfeifen, die sich schon pensioniert glaubten, wieder in seine Dienste. Mit ihnen wurden auch die gemütlichen Abendstunden wieder in ihre Rechte eingesetzt.

Die Meerschaumpfeife aber hing einsam und missachtet in der Ofenecke, wurde von Tag zu Tag gelber und missfarbener vor Gift und Galle, bis sie eines Tages Vetter Josef, der sie mit so viel Hoffnungen ins Haus gebracht, von ihrem Schicksal erlöste und mit in seine Dienste nahm.

Ein naturgeschichtlicher Bittgang

Eine zertrümmerte Fensterscheibe und ein Bittgang nach Rechtmehring sind zwar an sich sehr verschiedenartige Angelegenheiten, die scheinbar in keiner Beziehung zueinander stehen, aber ihr unglückseliges Zusammentreffen an zwei aufeinanderfolgenden Tagen wirkten sich für mich recht bedrohlich aus, insofern mir meine Mutter in erstem Ärger über das eingeworfene Fenster die Teilnahme an der Wallfahrt verweigerte. Erst mein inständiges Bitten und das Versprechen, recht eifrig zu sein im Gebete um eine glückliche Ernte stimmten sie schließlich um. Ich war darüber sehr froh, denn ein Bittgang bedeutete ein Erlebnis für uns Kinder, worauf wir uns schon tagelang freuten.

Der Unterricht fiel aus und an Stelle des Stillsitzens auf den harten Schulbänken trat ein festliches Wandern durch die maigrünen Wiesen, wo das zahllose Blumenvolk sich bereits aufgestellt hatte zu unserm Empfang. Anstatt die stockige Schulluft atmen zu müssen, trug uns der Morgenwind den würzigen taufrischen Erdgeruch der frischbesamten Felder entgegen und die staubgraue angerauchte Schulzimmerdecke konnten wir vertauschen gegen die Weite und Bläue eines vom Sonnengefunkel durchfluteten Himmels.

Durch die Fenstergeschichte und ihre möglichen Folgen in Aufregung geraten, empfand ich umso glücklicher den Augenblick, da ich mich am frühen Morgen unten an der Pfarrkirche dem Zuge einreihen durfte.

Aus dem Nachlaß der Kindsanna hatte ich einen schönen Perlmutter-Rosenkranz mitgenommen, der mir Mahner und Warner sein sollte, wenn meine Gedanken etwa abirren wollten in die Gefilde des Frühlings und bürgte dafür, dass ich die richtige Anzahl der vorgeschriebenen „Gsetzln" einhielte.

Ein Bittgang war keine feierliche Prozession wie etwa am Fronleichnamstage, da die Kirche bewusst und mit Absicht das Gepränge des Gottesdienstes hinaustrug in die Welt der Öffentlichkeit. An Fronleichnam, da verkündeten die Donnerstimmen der Böller, die der Schlosser Lou auf dem Gidiberg draußen mit Hilfe von glühenden Haken entfachte, den Beginn des feierlichen Umzugs und schickten, wie um zu beweisen, dass sie trotzdem harmlos und friedfertig gestimmt seien und ihr höllisches Gebrüll nur zur Ehre Gottes einsetzten, wunderschöne Rauchkränze in die Luft.

Abb. 14: Die Böller an Fronleichnam

An Fronleichnam stellten sich die von Goldquasten gestrafften, brokatenen Vereinsfahnen und Standarten, die sonst das ganze Jahr nicht sichtbar waren, in den Dienst des Umgangs. Die Madonna, die in einer Seitennische der Kirche stand, wurde auf einer Sänfte mitgetragen und ihr Schleier starrte vom goldbelasteten Scheitel über den geschnitzten blauen Faltenwurf des Mantels hernieder bis zum Saum und schien gefroren vor Pracht und Kostbarkeit. Die pomphaften Straußfederbüsche des Traghimmels schwankten durch die birkengrüne Straße, umrauscht vom Harzgewölk des Weihrauchs, dem Silberton der Messschellen und den Chorälen der Bläser und Sänger. Ja, so war das an Fronleichnam.

Unserm einfachen schlichten Wallfahrtszug aber schritt nur ein Kreuzträger voraus, und das Bild des Heilandes, herausgenommen aus dem mystischen Raum der Kirche, wirkte im Lichte der Sonne und des Tages vermenschlicht und leiderfüllt, und es schien, als glitte der lidverhangene Blick seines sterbensmüde gesenkten Hauptes traurig über den Weg, den er getragen wurde. Auch der Fahnenträger konnte nicht prunken mit dem putzigen roten Fähnlein, das wie ein papierener Kinderdrachen an einer unwahrscheinlich langen und langsam schwingenden Stange schwankte, die damit zu begründen war, dass zwischen den benachbarten katholischen Burschenvereinen ein stiller aber hartnäckiger Wettkampf bestand um den längsten Fahnenmast, dem die Haager sich nicht entziehen konnten und wollten.

Dem winzigen Fähnlein folgten in lockerer Marschordnung wir Buben und Mädel, die Burschen und Männer, Frauen und Jungfrauen von Haag und Umgebung und ihre jungen und alten Stimmen vereinigten sich zu einem gemeinsamen leiernden Gebete, das gleichmäßig dahinfloss wie ein träges Brünnlein und nur dann und wann aufwallte, wenn die hohen Stimmen der Kinder und Frauen und die tiefen der Männer und Burschen im Vorbeten sich gegenseitig ablösten.

Manchmal geriet der Chor ins Schwanken und in die Gefahr, auseinander zu fallen, weil wir Jungen zu rasch vorwärts drängten, aber der berufene Steuermann, der Herr „Koprata", sorgte schon wieder für Ordnung und Gleichmaß.

Ich betete anfangs fleißig mit, ließ bei jedem Gsetzl gewissenhaft Perle für Perle durch die Finger gleiten, so wie ich es meiner Mutter versprochen hatte, aber leider

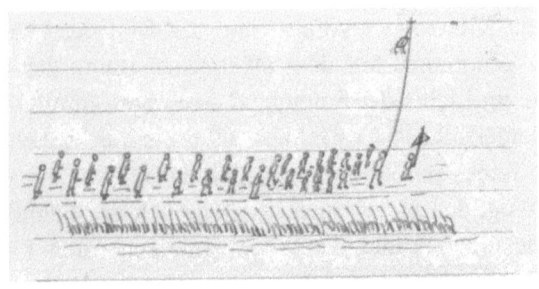

Abb. 15: Der längste Fahnenmast

hielt mein Eifer nicht lange an. Der herrliche Maimorgen nahm mich gefangen.

Ich musste doch den unabsehbaren Scharen von Blumen danken, die Spalier standen auf den Wiesen und Rainen und mit ihren bunten Frühlingskinderaugen uns entgegengrüßten und winkten, musste am Wassergraben neben dem Wegrande den flinken Fischlein nachschauen, die von unseren Schatten aufgeschreckt, hin- und widerschossen, musste die Lerchen suchen, die als kleine dunkle Punkte hoch im blauen hingen und ihr Trillerlied mit der ganzen jubelnden Sehnsucht ihres zärtlichen Vogelherzens immer höher trugen, dem Schöpfer entgegen. Es war ein hübsches Schauspiel, zu beobachten, wie sie plötzlich verstummten, die Flügel an die Brust zogen und sich wie ein Stein zur Erde fallen ließen, um einige Meter über dem Boden mit lebhaften Schwenkungen und Flügelschlägen eine sanfte Landung zu vollziehen auf derselben Ackerscholle, von der sie hochgeflogen. Ihr Hochgesang dünkte mir viel überzeugender und gottgefälliger, als das erdschwere müde Geleier der Wallenden. Aber trotzdem bemühte ich mich, nicht abzuschweifen mit meinen Gedanken, und klammerte mich ängstlich an die Gebetsleine der anderen. Einige Perlen meines Rosenkranzes hatten sich ohnehin schon verspätet und mussten nacheilen.

Vor mir tappte mein Freund, der Alisi. Er war auch nicht recht bei der Sache, das merkte ich an seinem abwesenden Gang und seiner versunkenen Haltung. Plötzlich drehte er sich nach mir um und zeigte auf einen Weidenstrunk am Wassergraben, der seine langen biegsamen Zweige wie Struwelpeterfinger in die Luft streckte. Er sagte nichts, der Alisi, aber ich verstand ihn schon, oh, wir waren doch so gute Kameraden, wir zwei. Was gäben diese geschmeidigen Ruten für ein feines Werkholz zum Pfeifenschneiden. Alle Größen und Stärken könnte man daraus gewinnen und eine ganze Orgel damit zusammenstellen. Jetzt war die beste Zeit dazu. Die Bäume standen im Saft und die Rinde ließ sich leicht und mühelos und ohne viel Klopfen vom Stamme lösen. Schade, dass man nicht aus der Reihe treten und einen Bund abschneiden und mitnehmen konnte. Nun, zu gegebener Zeit würden wir sie schon holen.

Eine Perle rutschte mir vorzeitig durch die Finger.

Nun bogen wir zur Rechtmehringer Straße ein und näherten uns dem Hochhauser Wallfahrtskirchlein, das halb hinter Fichten versteckt von einem Hügel herablugte,

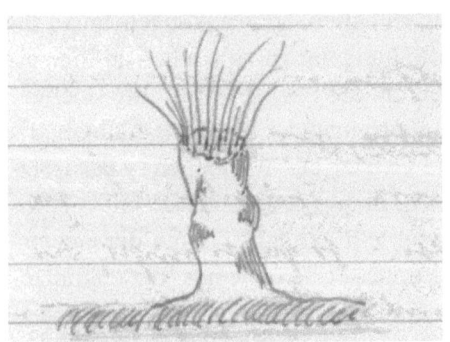

Abb. 16: Die Weide als Pfeifenspender

kamen an der in einer hölzernen Brunnenkammer gefassten, wundertätigen Quelle vorbei, die nach dem Glauben der Leute heilende Kräfte birgt, besonders für kranke Augen, und dann trat der Wald ganz dicht an die beiden Straßenseiten heran und verwehrte jeden weiteren Blick in die Landschaft und richtete meine Gedanken wieder auf den Rosenkranz.

Da rief ein Kuckuck im Gehölz. Ziemlich nahe vernahm man seinen lustigen, melodischen und doch so geheimnisvollen Terzruf, von dem die Leute sagten, man müsse das Geld schütteln, wenn man ihn hörte. Der Alois glaubte daran und beutelte seine Tasche. Als könnte er die paar armseligen Kupfermünzen, die ihm wohl seine Mutter für die bevorstehende Einkehr in Rechtmehring mitgegeben hatte, in Goldstücke verwandeln. Ich war nicht so sehr überzeugt von seiner Zauberkraft, zu oft schon hatte der lose Vogel mich genarrt und sein Versteckspiel mit mir getrieben, wenn ich seinem lockenden Schelmenruf nachgeschlichen war und den scheuen Gesellen zu Gesicht bekommen wollte. Er ist und bleibt ein Gaukler unter den Vögeln, der nicht einmal ein eigenes Nest baut und seine Kinder fremden Eltern zur Aufzucht überlässt.

Ein Zitronenfalter, noch trunken vom langen Puppenwinterschlafe, taumelte über die Himbeerstauden am Weg. So einen hatte ich auch zuhause, ausgespannt und aufgespießt mit vielen, vielen andern, die ich mit List und Kunst bei Tage und in der Dunkelheit gefangen genommen. Vor kurzem war ich dazu übergegangen, selbst Schmetterlinge zu züchten in meinem Raupenkasten mit grünen Drahtwänden und abnehmbaren Deckel. Raupen des Wolfsmilchschwärmers hausten gegenwärtig darin. Sie fraßen unheimlich viel von den milchstrotzenden Kräutern und täglich musste ich frisches Futter holen von der Birket draußen. Einige hatten sich bereits eingepuppt und ich konnte den Vorgang genau beobachten. Wenn sie dick und fett geworden und eine bestimmte Länge erreicht hatten, suchten sie sich ein ruhiges Plätzchen auf dem Sandboden des Kastens und blieben hier unbeweglich liegen. Allmählich verloren sie ihre hübsche grünrot gemusterte Farbzeichnung, verblassten zu einem leblosen Grau, streiften durch Wetzbewegungen die Oberhaut ab und der graubraune Puppensarg kam zum Vorschein. Erst war er noch lebendig und wehrte jede Berührung mit dem Finger ab mit Schlingern und Krümmen, aber schließlich lag er still und starr und tot. Nun werden die Gefangenen wohl bald ihre Zellen sprengen und als herrliche, bunte, dickleibige Wolfsmilchschwärmer hervorkommen wie der sagenhafte Vogel Phönix aus der Asche.

„...du bist gebenedeit unter den Weibern und gebenedeit ist..." leierte und klapperte die vielstimmige Gebetsmühle in meine naturgeschichtlichen Betrachtungen hinein und mahnte mich eindringlich an meinen guten Vorsatz und das Versprechen an meine Mutter. Ich brachte meine Rosenkranzperlen wieder in die Reihe und betete lauter als nötig die freudenreichen Geheimnisse mit, obwohl mir die der Tierwelt mehr am Herzen lag.

Hui! Eine Schwalbe! Die erste in diesem späten Frühling! Wie ein Akrobat der Lüfte flitzte sie dahin, schlug Haken und Purzelbäume nach oben und nach unten, segelte im Tiefflug über unsere Köpfe hinweg und schoß wie von der Sehne eines Bogens geschnellt wieder in die Höhe. Ich erschrak fast bei ihrem Anblick, wartete ich doch schon mit Spannung seit Tagen auf die Rückkehr der lieben Sommergäste und verknüpfte damit eine große, große Hoffnung.

Vor einigen Jahren hatten die Glücksvögel in unserem Hause ein Heim aufgeschlagen und ich freute mich so sehr, als sie auf dem Rahmen des offenen Gangfensters mit dem Nestbau begonnen und eifrig Stück für Stück ihrer Mauer auffüllten, bis schließlich eine stattliche Wohnstube aus Erde und Strohfahnen zusammengemörtelt war. Jeden Tag hörte ich in den Morgenschlaf hinein ihr fröhliches Gezwitscher und Geplauder, das im Hausgang besonders laut hallte, betrachtete still und verborgen auf der Bodentreppe sitzend ihre Baumeistertätigkeit, sah das Weibchen sitzen im Nest mit der rotbraunen Halsbinde und der weißen Brust und endlich die Jungen sich kuscheln und drängeln und immer höher herauswachsen aus ihrer Kinderstube, bis sie eines Tages ausgeflogen waren und draußen auf der Dachrinne sich weiter füttern ließen von den besorgten Eltern. Noch eine zweite Brut wurde großgezogen, und dann kam der Herbst und über Nacht war die ganze Familie weg und verschwunden.

Mit dem beginnenden Winter musste ich zu meinem größten Leidwesen das Nest herunternehmen, um das Fenster schließen zu können, und dabei zerbrach es trotz aller Sorgfalt in meinen Händen. Die Stücke legte ich auf ein für diesen Zweck in der Mauerecke angebrachtes Brettchen und hoffte, die Schwalben würden es das nächste Jahr auf dem nun besseren Platze schon wieder zusammenflicken. Aber wo Menschenhände zerstören, da ziehen sich die Kräfte der Natur erschreckt in ihr Reich zurück. Es kam wohl wieder ein Schwalbenpaar ins Haus geflogen, tändelte ein paar Tage im Gange ein und aus, beachtete aber das Nest gar nicht und schritt auch zu keinem Neubau.

Seitdem er erfasste mich jedes Mal eine fiebernde Unruhe, wenn die Zeit der Schwalbenrückkehr nahte, und mit ihrem Erscheinen kam auch der innige Wunsch geflogen, es möchten die lieben trauten Vögel wieder unsere fröhlichen Hausgenossen werden. Ob es wohl dieses Mal glücken würde?

„Kemma teans! Kemma teans!" Ganz plötzlich drang dieser ferne Ruf zu uns herüber und versetzte mich einen Augenblick lang in den Glauben, als sei das die Antwort auf meine Wunschträume, aber nein doch, er galt uns

Wallfahrern, und ging von einem Spähtrupp der Rechtmehringer Schuljugend aus, der ausgeschickt worden war, um unser Näherkommen auszukundschaften und zu melden.

„Kemma teans!" Nur wer versteht, welch großes Ereignis für die oberbayerische Dorfjugend die Ankunft so einer Bittgängerzuges bedeutete, der kann sich eine Vorstellung davon machen, wie wichtigtuend und eindringlich, aufgeregt und beschwörend dieser Ruf uns entgegenflog. Er meldete gleichzeitig zurück an jene, die den Auftrag hatten, bei unserer Annäherung die Glocken in Schwung zu bringen, und sie besorgten ihre Aufgabe mit der gleichen Begeisterung wie die Spähtruppler, das verriet das stürmische Geläute, das uns nun zum Willkommensgruß entgegendröhnte und hineingeleitete in die Dorfkirche.

Hier wurde der Rosenkranz und die Litanei zu Ende gebetet und eine Messe gelesen, aber nochmals versuchten irdische Dinge meine Andacht zu stören, resche, braune Salzbretzen und weiße Bratwürstchen, die wie ich wusste, der wackere Stechlwirt schon bereit gestellt hatte für die ausgehungerten Mägen der Bittgänger.

Nie in meinem Leben hat mir etwas besser geschmeckt als diese appetitlichen, vom frischen Wasser noch dampfenden Würstchen, die beim Auseinanderbrechen leise knallten von Fülle und Saft, und die dazu gehörigen Bretzen, nie aber auch es mehr bedauert als damals, nicht mehr Geld zu besitzen, um mir das Vielfache von dem kaufen zu können, wozu es reichte; denn ich wollte doch auch mit dem Alois teilen, dessen paar Pfennige nur zu einer Bretze reichten, - trotz der Kuckucksrufe – und dem beim Anblick der zitternden Würstchen schier die Augen übergingen.

Unser guter Lehrer erkannte unsere Nöte und ließ uns noch eine Anzahl zukommen, womit er sich in unserem Herzen ein Denkmal der Erinnerung aufrichtete über seinen Tod hinaus bis auf den heutigen Tag. Gott hab ihn selig!

Ob wir sie verdient hatten auf unserer wenig andächtigen Bittfahrt nach Rechtmehring, das stand auf einem anderen Blatt.

Der Mühlweiher

An schönen Sommertagen war der etwa eine Viertelstunde von unserem Hause entfernt gelegene Mühlweiher unser täglich erstrebtes Ziel, denn er bot das schönste Freibad, das wir Buben uns wünschen konnten.

Abb. 17: Der Mühlweiher

Ein mehrere Meter ins Wasser hineingebautes Badehüttl für Erwachsene grenzte unseren Platz ab gegen den weiten und tiefen Teil des Weihers. Sein kiesiger und seichter Grund, der gegen das Badehüttl zu allmählich absank, eignete sich für die Kleinen unter uns ebenso wie für jene älteren Jahrgänge, die ihren Stolz darein setzten, das Freischwimmen zu lernen. Dazu waren allerdings Hilfsmittel nötig, und es muss leider gesagt werden, dass dieser Umstand soziale Wellen in unsere so jugendfrohe Badegemeinschaft hineinspülte, die manchmal höher schlugen als die des Mühlweihers. Die Frage der Hilfsmittel teilte uns nämlich damals schon wie jetzt die Völker in Besitzende und Habenichtse.

Die Besitzenden waren die Eigentümer von zwei Schweinsblasen, die, mit Luft gefüllt und mit einer Schnur verbunden, einen schlanken Knabenkörper so leicht und fürsorglich durchs tiefe Wasser trugen, als läge er in Mutterarmen. Sie standen beim Schwimmen hinten am Rücken hoch wie Engelsflügelchen, und wenn dazwischen ein rundes Pausbackengesicht lachte, konnte man wohl meinen, es sei eben vom Himmel gefallen.

Aber solche Schweinsblasen flogen einem nicht von selber zu wie die gebratenen Tauben im Schlaraffenland, auch wuchsen sie nicht auf den Bäumen, sondern sie mussten schwer erkämpft werden beim Metzgermeister Koch drunten in der Hauptstraße, und nur ganz Schlauen oder unter besonderer Fürsorge Stehenden gelang es, welche zu erwischen. Wenn eine Blase aus dem kleinen Fenster des Schlachtraumes im Kochgassl zum Trocknen heraushing, - bekanntlich hat jede Sau nur eine zur Verfügung – genoß der Herr Metzgermeister keine ruhige Brotzeit mehr, weil er sich gegen unsere ungestümen Forderungen wehren musste. Er schoß jedes Mal dieselbe Pistole ab: „Zwegn eich ko' i net jedn Tog a Sau obstecha.

Wennds nur amoi dasaufa tats mit samt eire Schweins-
blosn, damit i mei Ruah kriag!"

Diesen menschenfreundlichen Wunsch erfüllten wir
ihm nicht, und so blieben die Besitzenden weiterhin be-
neidet und es entstand mancher Streit und manche Feind-
schaft daraus.

Die Habenichtse mussten sich eben mit Binsen begnügen, denen sie sich in rührendem Glauben an ihre Zuver-
lässigkeit anvertrauten.

Aber sie zeigten beide Mucken und Tücken, die Schilf-
rohre und die Schweinsblasen. Erstere saugten sich sehr
schnell mit Wasser an und flossen dann mitten im Tiefen
rücksichtslos auseinander, den Schwimmer seinem
Schicksal überlassend. Er konnte froh sein, jappend und
schnappend eine seichte Stelle zu erreichen. Die
Schweinsblasen rutschten mit Vorliebe zum Bauch hinunter, hoben den Hinterteil in die Höhe und tauchten dafür –
zum Ausgleich – den Kopf hinein ins Wasser. Das war
roh und teuflisch, und doch wurde dadurch die Liebe und
Treue zu ihnen nicht beeinträchtigt.

Ich besaß auch eine Schweinsblasengarnitur und hütete
sie wie meinen Augapfel, bis ich Freischwimmer wurde
und das kostbare Gut meinem Bruder abtreten konnte.

Dieser Triumph, wenn man zum ersten Male einige
Meter durch das tiefe Wasser bis hin zum Badehüttl sich
zu schwimmen getraute! Ohne Blase!

Mein erster Versuch solcher Art misslang allerdings.
Ich bekam es plötzlich mit der Angst zu tun, als ich das
tiefe Wasser unter mir wusste, schlug mit den Armen und
Beinen und sank, und nur dem mutigen Eingreifen des
Öttl Emil, des Sohnes vom Gerichtsvollzieher, verdankte
ich meine Rettung. Aber ich wiederholte meine Versuche,

bis es mir gelang, im freien Schwimmen die Badehütte zu erreichen. Das förderte mein Ansehen in hohem Maße, ich war gleichsam zum Ritter geschlagen, zählte nun zu den Großen und schleuderte die Kleinkinderschuhe in die tiefste Wasserstelle.

Der Weiher und der Kahn hinterm Hüttl gehörte dem Müller. Das Fahrzeug war nicht mehr recht seetüchtig, weshalb es der Müller nicht gerne verlieh. Aber unserm Drängen musste er nachgeben, denn eine Bootsfahrt stand nun einmal unumstößlich auf dem Programm, wenn Besuch aus Rosenheim da war.

So ein Unternehmen war bedeutend und großartig und erweckte ein Gefühl von Weltweite und Seefahrerfreiheit. Es war eine Entdeckungsreise, eine Kolumbusfahrt voll fremdartiger Reize. Wenn wir über die unergründlichen dunklen Tiefen des Wassers hinwegruderten und in kleine Buchten hineinsteuerten, wo das Schilfrohr rauschte, wo die hohen Wassergräser ihre braunschwarzen Büschel im Winde schwangen und wo große und kleine Seerosenblätter wie grüne und braune Inselchen auf dem Wasser schwammen und elfenbeinfarbene Blüten gleich schaumgeborenen Nixlein auf den Wellen träumten und im klaren Spiegel des Wassers sich beschauten. Ihre langen glitschigen Stiele tauchten aus unsichtbarem, geheimnisvollem Grunde und erweckten die Vorstellung von unermesslicher Tiefe.

Mein Freund Alois behauptete, sie seien für Schwimmer sehr gefährlich, ringelten sich wie tückisches Gewürm um die Beine und zögen den Unglücklichen unwiderstehlich hinunter in die grausige Tiefe. Daran musste ich denken, als ich einmal auf dem Rücken meines Lehrers durch den Weiher getragen wurde und die Stiele wie

Schlangenleiber an meinen Beinen vorbeiglitten.

Wir wussten wohl, hunderte von großen Karpfen und Hechten bevölkerten die Tiefe des Weihers, aber zu sehen bekamen wir solche Burschen niemals auf unserer Kahnfahrt, da mussten wir schon warten, bis das Wasser abgelassen wurde. Das geschah alle paar Jahre in den ersten Tagen der Karwoche und dann offenbarten sich seine Geheimnisse.

Das eine Ufer, wo der Abfluss des Weihers, der Mühlbach, in einem bretternen Gerinne herausschoß, über das Mühlrad stürzte und das Werk in klapperndem Gang brachte, staute das Wasser künstlich hoch und öffnete ihm in einer Schleuse den Weg durch den Damm, um es auf der anderen Seite wieder in das alte Bachbett einmünden zu lassen. Auf diese Weise entleerte sich das ganze Becken bis auf ein schmales Rinnsal, das sich durch die tiefsten Stellen des Grundes krümmelte.

„Da Weiha werd obglossn, d'Fisch kemman außa!"

Wie eine Bombe schlug diese Nachricht, die Schulkameraden aus jener Gegend von Joppenpoint und Reith brachten, in unsere Reihen und zerstörte jede Haltung und Aufmerksamkeit in der Schule und zu Hause. Wir rannten hinaus als gälte es, die Welt zu erobern.

Viele Erwachsene kamen auch heraus, um das interessante Schauspiel zu sehen. An Stelle der heiteren Wasserfläche lag nun eine große graue Schlammgrube, aus der ein feuchter, faulender Geruch emporstieg. Sie erinnerte an ein ausgelaufenes Auge, von dem nur mehr die Höhlung vorhanden. Der Weiher hatte seine Seele verloren. Das Schilfrohr stand trocken, grau und tot und wartete auf den Mäher. Der Schlamm schwappelte da und dort lebendig und zeigte an, wo ein fetter Karpfen sich eingewühlt, der den Anschluß zu seinen Kameraden verpasst hatte. Er wurde geholt.

Die Masse des aufgeregten Fischvolkes aber war in die Wasserrinne in der Mitte geflüchtet, wo die große unaufhaltsame Tragödie über sie hereinbrach. Ihr Reich war zerstört und diese letzte Zufluchtsstätte bedeutete nur Gefangennahme und Tod.

Männer mit hohen Wasserstiefeln standen darin, holten sie mit kundigen Griffen heraus und ließen sie in den mit Wasser gefüllten Kahn gleiten, den sie vor sich herschoben. Hunderte wurden auf diese Weise gefangen, den Ausreißern versperrten große Netze am Schleusenausgang den Weg in den Mühlbach.

Welch ein Halloh bei den Menschen, wenn ein Netz hochkam und zwei, drei und mehr weiße Bäuche darin schnalzten und schlenzten im letzten Abwehrkampf gegen ihre Vernichtung. Es befanden sich ganz große, alte, bemooste Häupter darunter, wahre Stammväter ihres Geschlechts, die schon jahrelang im Weiher gehaust hatten und bei früheren Fischzügen entkommen waren.

Eine Anzahl kleines Geschmeiß, Rotaugen, Weißfische und dergleichen, rissen die stürzenden und strudelnden Wasser in den Mühlbach hinaus und hier erstreckte sich nun unser ergiebiges Fischgebiet. Zu dritt hatten wir uns zusammengefunden um Petris fröhliches Handwerk, der Emil, der Alois und ich.

Der Mühlbach, sonst ein sanfter Gespiele, der zwischen Erlenbüschen und Wiesen gemächlich und feierlich dahinplätscherte, gebärdete sich heute mutwillig und ausgelassen, hüpfte in wilden Bocksprüngen dahin und drohte schier überzulaufen. Das Fischen war nicht leicht und unsere Geräte, Taschentücher und Wassereimer, auch nicht gerade sportgerecht. Aber Fische gab es genug und der Erfolg stellte uns zufrieden.

Jetzt kam der Peter daher. Er trug ein großes Stück von einem Netz in der Hand, das er weiß der Himmel wo aufgetrieben hatte und gab sich dadurch schon äußerlich das Ansehen, das er als Fisch- und Krebsfänger genoss. Über unsere Schwänze lächelte er mitleidig und erhaben, ihm schwebte heute Größeres vor. Er wusste, dass es zuweilen einem Hecht gelang, oben an der Schleuse zwischen den Fischernetzen hindurchzuschlüpfen und die Freiheit des Mühlbaches zu gewinnen. Darauf baute er seine Pläne. Er ging am Bachrande entlang aufwärts und lurte mit Kenneraugen ins Wasser. Plötzlich blieb er wie angewurzelt stehen und starrte in die eilenden Fluten, als sähe er ein achtes Weltwunder darin. Dann hörten wir ihn mit sich reden, erregt, leidenschaftlich, in urgewachsener Sprache, wie sie nur ihm geläufig war: „Uiiih! Uiiih! Uiiih! Hematsandgruam, is der grouß! Bluat vo' da Katz, der hot seine 2 Pfund. Der muaß her, wenn da Teifi auf Stelzen geht. Uiiih! Uiiih!"

Sein aufwühlendes Selbstgespräch rief uns herbei, aber mit beschwörender Geste hielt er uns drei Schritt vom Leib und wies auf eine Stelle im Wasser. Wahrhaftig – an der Innenseite einer Krümmung, wo die Wasser langsamer strömten, stand ein beinahe armlanger Bursche, ein kapitaler Hecht. Es war keine Täuschung möglich. Man sah ganz deutlich den schlanken moosgrünen Rücken, den weitgespaltenen Rachen und die Ruderbewegungen der Bauchflossen, womit er sich gegen die Strömung zu halten suchte.

„Da Hecht g'hert mir, i hob'n z'erst gsegn", sagte der Peter schier zornig, obwohl es niemandem einfiel, ihm den Fisch streitig zu machen. Aber er sah wohl ein, dass er doch unsere Hilfe brauchte, und entwarf sofort wie ein Feldherr einen Kriegsplan, der auch gleich ausgeführt wurde. Wir drei, der Emil, der Alois und ich, stiegen befehlsgemäß oberhalb des Hechtstandortes ins Wasser und drückten das Netz, in Bachbreite ausgespannt, bis auf den Grund, so dass es bachaufwärts vollkommen absperrte. Es war das keine leichte Aufgabe. Die Fluten stauten sich an unseren Beinen hoch wie an Brückenjochen und unsere Arme tauchten bis zu den Achselhöhlen ins kalte Nass.

Peter hat es übernommen, uns entgegenzupirschen und den Hecht ins Netz zu jagen. Wie ein Indianer auf Kriegspfaden schleicht er daher. Geduckt, die Arme griffbereit im Wasser, jeder Muskel gespannt, jeder Nerv bereit. Sein wilder ungestümer Naturtrieb bricht hervor, die Urinstinkte seiner Ahnen, die einmal Fischer und Jäger gewesen, erwachen. Wenn er in der Prärie geboren worden wäre, hätte er ein Lederstrumpf oder Pfadfinder werden müssen. Jetzt begriff ich auch, warum er unseren Kriegs- und Indianerspielen immer fernblieb, obwohl er der beste Häuptling gewesen wäre. Diese Spiele waren ihm zu kindlich, zu nutzlos, er wollte Wirklichkeit, Gewinn, Erfolg.

Immer näher rückt er der Stelle, wo der Hecht steht. Jetzt ist er nur noch einige Meter entfernt. Da – ein mehrstimmiger Schrei! – der Hecht schießt nach vorn, wir beugen uns instinktiv tiefer – ich fühle das Wasser in meine Hose eindringen und gleichzeitig etwas Glitschiges an meinen Beinen vorbeigleiten – der Hecht ist weg! Nicht mehr zu sehen.

Ich hütete mich wohl, von meiner Wahrnehmung etwas zu sagen und meinte nur zur Entschuldigung, die Strömung müsse das Netz emporgehoben und dem Hecht einen Durchschlupf gelassen haben. Peter aber ließ das nicht gelten. Er war außer sich vor Wut, polterte und schimpfte und belegte uns mit den freundschaftlichsten Kosenamen aus den zoologischen Büchern, wobei ihm seine Naturverbundenheit sehr zustatten kam. Aber das änderte den Tatbestand nicht. Der Hecht blieb verschwunden.

Beleidigt zogen wir ab. Ich war zufrieden mit meinen Rotaugen und Weißfischen, aber meine Mutter nicht. Sie staubte mich mit der nassen Hose und den so schwer erbeuteten Fischen aus dem Hause hinaus; nun sie waren ja auch überflüssig, denn große Fische aus dem Mühlweiher bevölkerten bereits den steinernen Grund in der Küche, zwei Karpfen und ein Hecht für den Karfreitag. Die Karpfen für die Mutter und uns Kinder, der Hecht für den Vater.

Nun konnten wir die Fische mit Muße betrachten, die bläulichen Karpfen, die ihre zahnlosen Mäuler rundeten und ihre Kiemendeckel langsam auf- und zuklappten, den dunkelgrünen Hecht, der so unbeweglich in der Ecke stand, als trauerte er über den Verlust seiner Jagdgründe draußen im tiefen Mühlweiher.

Der Ballon

In meiner Jugendzeit gab es noch keine Zeppeline, die die Ozeane überquerten, oder Flugzeuge, die im 500 km – Tempo durch die Luft rasten, aber einmal geschah es, dass der Wind einen lustigen Freiballon über unsere Wälder und Äcker hinwegführte.

Irgendjemand entdeckte den sonderbaren Vogel und wie ein Lauffeuer verbreitete sich die Kunde davon durch den Markt. Alles eilte auf die Strasse, um das technische Wunder zu sehn, und mein Vater war einer der ersten und eifrigsten, der mit seinem Operngucker den Himmel absuchte nach der grauen Kugel.

Jetzt hatte er ihn gefunden und konnte ihn auch ohne Glas sehen, denn er rief uns Kinder herbei, zeigte mit der ausgestreckten Hand nach einer bestimmten Richtung am Himmel und sagte aufgeregt: „Dort! Dort schwebt er! Seht ihr ihn?" – Wir sahen ihn leider nicht, und das brachte Vaters explosive Gemütsart in Erregung. Es lag ein anziehendes Gewitter in seiner Stimme, als er nochmals rief: „Dort! In der Richtung meiner Hand! Ihr müsst ihn do segn, er is jetz ziemlich weit heruntn."

„Siegst'n jetz endli?" wandte er sich nach einer kleinen Pause im Tone einer Warnung an mich, und das Gewitter grollte bedenklich nahe. „Na'", antwortete ich aufrichtig und weinerlich und bemühte mich ehrlich, ihn zu entdecken. Da blitze es und schlug auf meiner Wange ein, dass mir das Sehen erst recht verging.

Aber diese Entladung beseitigte die elektrische Spannung noch nicht ganz. Das merkte mein Bruder Pepi, als der Vater an ihn die gleiche Frage richtete: „Siegst'n du?" Er war schlauer als ich und beurteilte die Wetterlage klarer. Freilich sähe er ihn und ganz rund sei er wie eine Kugel und ein Korb hänge daran. Ich merkte es ihm an, dass er log, denn er schaute nach einer ganz falschen Richtung, aber die Blitzgefahr hatte er glücklich abgewendet.

Vater hatte sich beruhigt, das Gewitter war abgezogen, und nun suchte er wieder den Himmel ab mit seinem Glas.

Der lustige Ballon war während unseres anregenden familiären Drigesprächs nicht stehen geblieben, sondern fröhlich weitergeflogen und Vaters sieben Worte klangen so feierlich, als sähe er an Stelle des Ballons die sieben Farben des Regenbogens:

„Jetz siech i ihn selba a nimma!"

Vom Schlossturm und seiner Geschichte

Nichts konnte meine Aufmerksamkeit in der Schule stärker fesseln und meine Knabenphantasie mehr in Aufruhr versetzen als die Schilderungen unseres Lehrers von jenen längst versunkenen Zeiten, da mächtige Rittergeschlechter in trutzigen Burgen das Land beherrschten, in Burgen mit rasselnden Zugbrücken über Gräben und Schluchten, in Burgen mit eisenbewehrten Toren und Türmen mit gewaltigen Mauern und Bastionen, mit efeuumsponnenen Höfen zwischen dem herrischen Pallas und den verträumten Kemenaten und Söllern der Frauen, in Burgen, von wo aus der unbezwingbare Bergfried wie ein riesiger Fechter hinausdrohte ins Land.

Unser Lehrer wusste diese Romantik in leuchtenden Farben zu malen und so geschickt zu verknüpfen mit der geschichtlichen Vergangenheit unseres alten Schlossturms, dass wir Buben diesen nun mit ganz anderen Augen betrachteten.

Die verfallenden Mauern belebten sich mit reisigem Volk, geharnischte Wächter bevölkerten die vier Erkertürme und schmetterten ihre Hornrufe hinaus nach allen Himmelsrichtungen, wenn willkommene Gäste sich näherten oder tückische Feinde heranschlichen, und im Schlosshof kämpften mit Visier und Stoßlanze eisengepanzerte Ritter um Ehre und Frauengunst.

Vielleicht waren das übersteigerte Jungenträume, denn

die Chronik Haags berichtet wesentlich nüchterner.

In knapper Kürze sei folgendes daraus wiedergegeben:

Aus der Haager Chronik

*Die Technik des Baues, sowie die wenigen Bauformen –
Rundbögen – des unteren Turmteiles verweisen seine
Entstehung in die ausklingende Zeit des romanischen
Stiles, also in das 12. und 13. Jahrhundert. Das oberste
Geschoß dagegen und das Dach mit den Erkertürmchen
entstammt der Spätgotik um 1500. Der Schlossturm war
der Bergfried einer großen, weitläufigen Feste, von der
um das Jahr 1200 die „Gurren" als erste Herren genannt
werden.*

Vom ersten Gurren erzählt die Sage:

*Eine gute Gehstunde südöstlich von Haag stand auf einem
Steilufer des Innstromes, unweit der Stelle, wo heute die
gewaltige Königswarter Brücke den Fluss überschreitet,
ein altes Raubritternest, das den stolzen Namen „Königs-
wart" trug. Es herrschten die Zeiten des Faustrechtes und
da hatte es der Königswarter auf die reichbeladenen
Schiffe abgesehen, die den Inn herunterschwammen. Mit
einer eisernen Kette, von der einige Glieder heute noch
beim Schexbräu in Gars zu sehen sein sollen, versperrte
er den Schiffen den Weg und zwang sie zur Entrichtung
eines hohen Lösegeldes.*

*Die Witwe des Kaisers Heinrich III. – 1039 bis 1056 -, die
Herrin des Herzogtums Bayern, soll nun das Versprechen
gegeben haben, demjenigen, der den Räuber unschädlich
mache, so viel Land als Eigentum zuzuerkennen, als er
mit dem besten Ross aus dem kaiserlichen Marstall in
einem Tage umreiten können. Ein Bauer von Altdorf bei*

Haag soll der Held gewesen sein, der den Königswarter mit List bezwang, dessen Burg verbrannte, und so den verheißenen Lohn zugesprochen erhielt.

Auf seinem Ritt soll an einer Stelle im Haager Forst, am Schimmelberg, das Pferd vor Ermattung zusammengestürzt sein, worauf der Reiter die klagenden Worte ausgerufen habe:

„Mein, hältst du schon, Gurre!". Daraufhin sei der Schimmel weitergetrabt und habe seinem Herrn ein gutes Stück Land eingebracht. So erzählt die Sage.

Der neue Herr nannte sein Geschlecht „die Gurren" und die Edlen von Gurren führten einen springenden Schimmel auf rotem Felde als Wappen, das heute noch vom Haager Schlossturm heruntergrüßt.

An der oben genannten Stelle im Haager Forst ist eine Gedenktafel angebracht mit dem Wappen der Gurren und der Jahreszahl „1058". Unter dem Bilde stehen die Worte: Mein, hältst du schon, Gurre!

Nach dem Aussterben der Gurren ging die Herrschaft Haag im Jahre 1245 auf die Frauenberger über, die ihren Stammsitz in Alten-Fraunberg bei Erding hatten. 1324 erhielt der Markt „zu dem Hage" von Kaiser Ludwig dem Bayern die gleichen Rechte und Freiheiten, wie sie die Stadt Wasserburg schon besaß.

Die Frauenberger zum Haag verfügten über großen Reichtum und statteten Kirchen und Klöster mit seltener Freigebigkeit aus. Sie stifteten das Kloster Ramsau, erbauten das Kollegienstift St. Wolfgang und waren besondere Gönner des Augustiner–Chorherrenstiftes Gars. Die Kirchen von St. Wolfgang, Lappach und Kirchdorf verdanken ihnen ihre Entstehung bzw. ihren Umbau.

Das Geschlecht der Frauenberger wurde 1509 zum Grafenstand erhoben. Sein letzter Spross war Ladislaus (1522-1566). Er wurde den Traditionen seiner Ahnen untreu, schloss sich der Lehre Luthers an, zog die Güter des Klosters Ramsau ein und berief protestantische Prediger in sein Land. Das brachte ihm die Gegnerschaft des bayrischen Herzogs Albrecht V. ein, der schon lange darnach trachtete, die Grafschaft Haag an sich zu bringen. Und da Ladislaus in seinem 50. Lebensjahr noch kinderlos war, erwirkte der Herzog Albrecht vom Kaiser Karl V. die Anwartschaft auf die Grafschaft Haag, falls Ladislaus keinen Nachkommen hinterließ.

In dem Bestreben, ein Aussterben seines Hauses zu verhindern, gelang es Ladislaus durch sein prunkvolles Auftreten, die Hand der Nichte des regierenden Herzogs von Ferrara in Italien zu gewinnen.

Allein schon nach kurzer Ehe im fremden Lande geriet er mit der Familie seiner Gattin in Zerwürfnisse, seine ihm eben angetraute Gemahlin wurde ihm genommen, und er selbst kehrte nach Vergeudung vieler tausend Gulden nach Haag zurück, wo er am 31.August 1566 als letzter der Reichsgrafen von Haag verstarb.

Sein prunkvolles Renaissance-Grabdenkmal befindet sich in der Treppenhaushalle des bayrischen Nationalmuseums in München.

Herzog Albrecht V. von Bayern nahm nun das Land der Grafschaft Haag in Besitz und in dessen Linie verblieb es, bis das einst mächtige und umfangreiche Haager Schloss bei der Säkularisation im Jahr 1804 abgetragen wurde. Als Reste desselben stehen nur noch der blockige Bergfried, der Schlossturm, die innere Burgmauer, ein kleiner

Wachturm, der sogenannte „kleine Schlossturm" und ein Stück des ehemaligen Grabens.

Als besonders festlichen Tag bezeichnet die Chronik den 25. April 1782, an welchem Kurfürst Karl Theodor mit glänzendem Hofstaate im Haager Schloss übernachtete, um anderntags den auf der Rückreise von Wien nach Italien begriffenen Papst Pius VI. in Ramsau zu begrüßen.

Ein Ölgemälde, welches diese Begegnung darstellt, befindet sich im Besitze meiner Nichte A. (Anna Rottmoser, Anm HFR) in Haag.

Auf dem Platz des ehemaligen Fürstenstockes entstand 1864 das Klostergebäude der Englischen Fräulein.

Abb. 18: Blick vom Marktplatz auf Schloß und Kloster

Einmal im Jahr, meist gemeinsam mit den Basen und Vettern aus Rosenheim, bestiegen wir den alten Schlossturm, wozu der Rieder Josef gegen eine kleine Gebühr den Schlüssel verlieh. Recht behaglich war uns allen nicht, wenn wir die düsteren Räume betraten, die, vier

Stockwerke übereinander liegend, über steile rohgezimmerte Treppen emporführen zum Dachgebälk. Eine kühle, modrige, tote Luft erfüllt die unwirtlichen, dunklen Gelasse, durch deren Fensterhöhlen kaum je ein Sonnenstrahl dringt in dieses ewige Dämmer. Der Staub von Jahrhunderten liegt auf dem rissigen Gemäuer und schwärzlichem Balkenwerk und die schwere Melancholie einer untergegangenen, längst gestorbenen Welt kauert zwischen den schwarzgrauen Wänden.

Wir wagten nicht laut zu sprechen in dieser Grabesstille und erschraken vor der eigenen Stimme, es war uns, als könnten wir die ruhenden Geister wecken aus ihrem Ewigkeitsschlafe.

Das Herz wurde mir leichter, wenn wir das oberste Stockwerk erreicht hatten, wo die Gucklöcher der vier Erkertürme mehr Luft und Licht hereinließen. Man konnte den Kopf in die freie durchsonnte Luft hinausstrecken und fühlte sich wieder verbunden mit der frohen Wirklichkeit des Lebens, hinweggehoben von den Grüften des ewigen Schweigens, das die Quadern des alten Schlossturms umschließen.

Ein weiter Rundblick bietet sich dem Schauenden. Nach Westen zu dunkeln die unabsehbaren Forste von Hohenlinden und Ebersberg, nach Norden und Osten wölben sich langgezogene Höhen empor, die belebt sind von einer Vielzahl breit und behäbig hingelagerter Höfe. Sie sind verwachsen und verwurzelt mit dem Boden, aus dem sie ihr Leben und ihre Kraft saugen, und er trägt ihnen die Früchte seines Schoßes entgegen bis an die Schwelle ihrer Mauern.

Weit draußen am östlichen Horizont, wo die Höhenzüge jäh abfallen gegen das tief eingeschnittene Strombett des Inn, starrt uns ein kleiner gewürfelter Block entgegen, das Stampflschlößl, der Wartturm der ehemaligen Burg Megling, des Stammsitzes der einst mächtigen Grafen von Megling, die ringsum das Land am Inn beherrschten und in der Zeit der Karolinger sogar die Hofämter des Marschalls, Kämmerers und Truchsessen innehatten.

Gegen Mittag steigen Hügelwellen hinter Hügelwellen auf, schieben sich kulissenartig ineinander und blauende Wälder hängen daran wie Träume. Sie verblassen immer mehr mit der Entfernung, bis sie mit den Bergen in eins verschwimmen. Das Land liegt vor uns wie ein sturmbewegtes Meer, das gegen das Gebirge brandet, und die schlanken Türme der vielen Dörfer ragen daraus empor wie die Masten segelnder Schiffe.

Eichendorffs Naturromantik wird hier zur Wirklichkeit:

„Oh Lust vom Berg zu schauen,
weit über Wald und Strom,
doch über sich den blauen
tiefklaren Himmelsdom".

Eine wichtige Entscheidung

In meinem 10. Lebensjahr musste ich auf Wunsch meiner Eltern das „Lateinisch-Lernen" beginnen, um für die 2. Klasse der höheren Schule ein Stück klassischer Weisheit mitzubringen.

Der Herr Kooperator hatte sich bestimmen lassen, mein Führer zu sein auf den vielfach verschlungenen Pfaden lateinischer Wissenschaft, obwohl er, wie ich mit dem Schülern eigenen Instinkt bald herausfühlte, nicht der

Lotse war, mich durch die Klippen und Riffe der lateinischen Sprache mit sicherer Hand hindurchzusteuern.

Sein Haus stand drunten im Burggraben unmittelbar neben der Brücke, die das Grabenstück überquert und zu Zeiten der gräflichen Herrschaft durch ein kunstvoll geschmiedetes, eine siebenzackige Krone tragendes Gittertor burgwärts abgeschlossen werden konnte.

Seine Flügel stehen aber schon über ein Jahrhundert lang offen, denn es gibt seit Abtragung der Burg nichts mehr zu behüten, und sie sind durch eigene Schwere tief in den Boden gesunken und unbeweglich geworden, damit dokumentierend, dass die Zeiten stolzer Burgen und selbherrlicher Besitzer endgültig vorbei wären.

Die entgegengesetzte, dem Kooperatorhause zugekehrte Brückenseite flankieren zwei verwitterte steinerne Löwen, deren feiste Hinterbacken eher belgischen Bräurössern denn königlichen Wüstentieren zuerkannt werden müssen. Auf eine dieser steinernen Katzen setzte ich mich nun jedes Mal vor Beginn der Lateinstunde, lernte meine Vokabeln und sammelte Mut zum Kampfe mit den lateinischen Mächten.

Ein Junge auf dem Rücken eines Reittieres ist begreiflicherweise für Kriegsabenteuer und Indianergeschichten empfänglicher als für lateinische Wörter und verwirrende Deklinationen und so kam ich oft schlecht vorbereitet in den Unterricht. Es beschlich mich jedes Mal ein banges Gefühl des Unbehagens, wenn ich zögernden Schrittes die Treppe zum Kooperatorhaus hinunterstieg und an der Glocke zog, die so unangenehm laut und schrill in die Stille des Hauses hineingellte.

Trotzdem ging es anfangs ganz gut mit dem Latein. Die ersten Stunden waren mir wie lustige Spaziergänge, auf denen ich alle lebendigen und toten Dinge, die mir begegneten, einfach lateinisch benannte, aber allmählich begann der Weg dorniger zu werden und das Gestrüpp von lateinischen Regeln dichter und undurchdringlicher, obwohl ich die Sitzungen auf meinem steinernen Leu entsprechend verlängerte.

Der Herr Kooperator war viel zu gut mit mir und predigte von den verwünschten Dativen und Accusativen der masculinae und femininae so milde und gütig, als ob er Gottes Wort verkündete, während ich die Drohung mit dem Teufel viel notwendiger gehabt hätte. So entstand ein stiller, aber verbissener Kampf zwischen meiner geistigen Trägheit und seiner unendlichen priesterlichen Geduld und die vielen roten Striemen in dem Schlachtfelde meines Aufgabenheftes zeugten von jenem zähen Zweikampf zwischen mir und meinem Lehrer.

Ich glaube nicht, dass dieses Turnier für mich zu gutem Ende geführt hätte, aber unerwarteter Weise öffnete sich ein Weg aus dem lateinischen Dschungel. In unsere Schule trat ein neuer Schüler ein. Hermann Karl hieß er und er war der einzige Spross des erst kürzlich hierher versetzten Aufschlägers und seiner vornehmen Frau Gemahlin.

Neue Schüler kamen öfters und so wäre dieses Ereignis nicht erwähnenswert, wenn nicht der Hermann Karl von einer Art gewesen wäre, die unsere Schülerschar in einen geradezu feindseligen Zustand ihm gegenüber versetzte.

Schon äußerlich fiel er aus unserem Rahmen heraus. Er trug ein kurzes fein gebügeltes Höschen, das die Knie freiließ, gemusterte Wadenstrümpfe und – man bedenke! – Haferlschuhe!! Jawohl, Haferlschuhe, wie die Klosterhutschen, die ihre Schulweisheit bei den Englischen Fräulein holten. Wir aber waren im besten Falle Besitzer von

Stiefletten und Pantoffelbesitzer, und die meisten von uns liefen den Sommer über auf des Herrgotts Socken herum.

Aber auch in seiner Haltung passte er nicht in unsere Kameradschaft. Sein unnatürliches, geziertes Wesen fügte sich nicht ein in das Gestrüpp unserer rauhen Haager Sitten, und so stand er oft rat- und hilflos und schier weinend inmitten der Brandung unseres jugendlichen Spottes.

Der Alisi fasste seine Meinung über ihn in das knappe sachliche Urteil zusammen: „Er is hoit a Preiß!"

Statt Gleiches mit Gleichem zu vergelten, sagte er Pardon, wenn er angerempelt wurde. Er konnte zwar schon einige lateinische Brocken, aber vom Fischen und Grillenfangen verstand er nichts und wenn der Haager Wind ihn anblies, drohte er umzufallen. Das war der „Musterknabe" Karl. Wahrscheinlich hatte er den Eltern zuhause sein Leid geklagt, denn als ich eines Tages von der Schule heimkam, trat mir meine Mutter mit der Mitteilung entgegen, die Frau Aufschläger sei bei ihr zu Besuch gewesen und hätte mich für den Nachmittag zum Kaffee eingeladen.

Aha! Mit Speck fängt man Mäuse, aber den Braten roch ich schon auf Entfernung. Die Frau Aufschläger wollte mich als Spielgenossen für ihren Karl, das war klar. Aber ich erklärte, ich wäre nicht so dumm wie die Mäuslein in unserer Speise und ließe mich nicht in die Falle locken, außerdem hätte ich mich mit meinem Freund Alisi auf den Bergkopf verabredet, und überhaupt sei mir der Hermann Karl viel zu fein und sein Kaffee vollständig schnuppe.

Die Mutter war erstaunt über meinen Eigensinn, da ich doch im Allgemeinen ein leicht lenksames Bürschlein war und sagte ernst und feierlich: „Ich habe es der Frau Aufschläger versprochen, dich zu schicken, und dieses Versprechen muss gehalten werden."

Dagegen war nichts einzuwenden und so machte ich mich denn, äußerlich glänzend in meinem Sonntagsstaate, aber innerlich voll Zorn und die Ermahnungen meiner Mutter mitschleppend, auf den Weg zum Hermann Karl.

Er wohnte im 2.Stock des stattlichen Hauses vom Moller Paul, an der Ecke, wo die Wasserburger und Mühldorfer Straße auseinanderzweigen. Sein festungsartiger Erkerturm beherrschte die ganze Hauptstraße. Ein artiges Cafe hat sich jetzt darin aufgetan und die Genüsse, die es zu bieten vermag, sind allen Haagern bekannt und angenehm. (Café Preßl, Anm HFR)

Abb. 19: Haager Hauptstrasse von Westen

Die Frau Aufschläger empfing mich mit Würde und Vornehmheit und der Karl war offensichtlich erfreut über seinen neuen Spielkameraden.

Kaffee wurde aufgetragen und – oh Schmach! – dreimal große Schmach! sein würziger Duft und der Anblick der süßen Fülle von Kuchen, die so einladend auf dem

Tische standen, zerbrachen meine grimmigen Vorsätze, zerstörten meine innere Widerhaarigkeit wie die Kartätschen eine Festung, und schon beim 2ten Stück der leckeren Nusstorte, für die ich schon immer eine Schwäche hatte, vergaß ich schnöderweise den Alisi und den Bergkopf und fügte mich aufs angenehmste ein in die Kaffeegesellschaft und ihre Genüsse.

Dann zeigte mir Karl alle seine herrlichen Spielsachen, die fein säuberlich in einem Schrank verstaut wie neu und unbenutzt aussahen. Besonders begeisterte mich eine kleine Dampfmaschine mit Wasserkessel, Ventil Schwungrad, Spiritusheizung und Kolbenantrieb. Dieses maschinelle Miniatur-Wunderwerk wollte ich unbedingt lebendig sehen und quälte, alle Bescheidenheit und Zurückhaltung vergessend, Karl so lange, bis er bereit war, es in Betrieb zu setzen, obwohl ich merkte, dass solches Beginnen weder ihm noch seiner Mutter angenehm war. Wir füllten also den Kessel mit Wasser, entzündeten die Spiritusflämmchen darunter und es dauerte nicht lange, da fing das eiserne Ding zu pfauchen und zu zischen an, Dampfblasen traten aus dem Ventil und der Kolben drückte nach vorne. Jetzt gaben wir dem Schwungrad einen Antrieb und die Maschine fing wirklich und wahrhaftig zu laufen an und pustete dabei den Dampf heraus genauso wie ihre große Schwester. Es war herrlich.

Aber da sie nicht auf Schienen rollte, blieb sie leider nicht in der gedachten und gewünschten Bahn, sondern rannte eigensinnigerweise wie eine wildgewordene Hummel bald an ein Tischbein, bald an die Kommode und die würdige Frau Aufschläger verbrannte sich die Finger bei dem Versuch, diesem übermütigen Biest den Weg zu weisen. Immer schneller und toller raste die Maschine, zornig geworden über unsere fortgesetzte Einmischung in ihre Absichten, und eben wollte sie den Glasschrank der Frau Aufschläger berennen, da schob ich sie mit dem Fuß in eine andere Richtung – bums! – stürzte sie um, bläuliche Flämmchen leckten hoch, Dampf zischte aus dem Ventil und der Kolben machte verzweifelte Anstrengungen, sich weiter zu bewegen. Glücklicherweise gelang es unseren vereinten Kräften, die Flammen zu ersticken, - einige zornige Zischer – und das Vehikel war tot. Spiritus tropfte aus seinem Bauche und bekleckerte den schön gestrichenen Boden und schwärzliche Brandflecken zeigten die Stelle, wo das Eisenbahnunglück sich ereignet hatte.

Ich wurde recht kleinlaut, war ich doch der Schuldige an diesem Missgeschick, Karl lächelte einfältig und verlegen und seine Mutter gab sich eine mokante und indignierte Haltung. Aber dann besann sie sich eines Besseren und rettete die peinliche Lage mit der plötzlichen Frage: „Karl, willst du nicht deinem Freund auf dem Klavier vorspielen?"

Ich wollte mich eben zu einem stillen, innerlichen Protest aufraffen gegen diese mir aufgezwungene Freundschaft, aber er erstarb vor der ungeheuerlichen Tatsache, die ich eben vernommen, und vor dem sieghaften, triumphierenden Blick der Frau Aufschläger. Anscheinend hatte sie schon den ganzen Nachmittag darauf gewartet, diesen Trumpf ausspielen zu können, und nun genoss sie die Wirkung ihrer Worte wie edlen Champagner, den man schluckweise auf der Zunge zerdrückt. Ich war einfach sprachlos vor Staunen und Bewunderung und – wie man so sagt – aus den Wolken gefallen.

Also Klavierspielen konnte er auch. Das hatte die Haager Ortsgeschichte noch niemals aufzuweisen, dass ein simpler Schulbub das Pianoforte spielte. Diese Kunst war nur der Apothekergretl vorbehalten, aber die besuchte schon das Institut der Englischen Fräulein und zählte bereits fünfzehn Lenze.

Karl führte mich nebenan in den „Salon" – so nannte die Frau Aufschläger den Raum, den wir zuhause das „Schöne Zimmer" hießen – und hier stand das Klavier, schwarzglänzend und steif, protzig und feierlich wie ein Oberkellner, und hielt uns eine ganze Sammlung von gipsernen Köpfen und porzellanenen Tierfiguren auf dem Präsentierteller entgegen.

Karl legte ein Notenheft auf und fingerte mit großer Gewandtheit Märsche und Tänze herunter, dass es seine Art hatte. Man hätte es seinen Handwürstchen gar nicht angesehen, dass sie so beweglich waren.

Er war wirklich ein Wunderkind. Seine Kunst erschütterte meinen bisherigen felsenfesten Glauben an die Bedeutung und Wichtigkeit des Baumkraxelns und Steinschleuderns und erweckte in mir phantastische Wünsche. Wenn ich auch das könnte, das Klavierspielen! Noch besser als der Hermann Karl! Wie wunderbar müsste das sein, so mit den Fingern flink und behend wie ein Wiesel über die schwarzen und weißen Tasten zu hüpfen, Lieder, Märsche und Tänze heraus zu zaubern aus dem Instrumente, die Zuhörer in Staunen und Entzücken zu versetzen und ihren rauschenden Beifall mit stolzer Verbeugung in Empfang zu nehmen!

Auf dem Heimweg beschäftigten mich immerfort diese Gedanken und just am Kooperatorhaus bei den steinernen Burgwächtern kam mir die Erleuchtung, die mir in der Lateinstunde so oft versagt blieb.

Ich wollte Lehrer werden. Damit schlug ich zwei Fliegen mit einer Klappe. Als zukünftiger Lehrer musste ich das Klavierspielen können, aber nicht die lateinische Sprache und entschlüpfte auf diese Weise ihren quälenden Schlingen.

Zuhause konnte ich meinen Eltern gegenüber das herrliche Klavierspiel des Hermann Karl nicht genug rühmen und aus meinen begeisterten Worten klang wohl deutlich der Wunsch heraus, den ich nicht auszusprechen wagte.

Einige Tage blieb die Angelegenheit unberührt, dann sagte mein Vater zu mir: „Wenn du schon das Klavierspielen lernen willst, dann soll das Erwünschte mit dem Nützlichen verbunden werden. Du wirst Lehrer und vertauschst deine Lateinstunden mit Klavierstunden."

Nichts anderes wollte ich. Was wusste ich von der Wertung eines Berufes? Ich wäre ebenso unbeschwert Schuster geworden, wenn dazu das Klavierspiel notwendig gewesen wäre. Im Übrigen war ich fest überzeugt davon, dass Vaters Bereitwilligkeit, meinen Träumen entgegenzukommen, seinen eigenen heimlichen Wünschen entsprang.

So entschied sich mein kleines Lebensschicksal durch ein an sich unbedeutendes Ereignis. Der Herr Hauptlehrer Ecker vermittelte den Ankauf eines schon gebrauchten Klaviers. Eines Tages stand es in der Wohnstube zwischen den zwei Fenstern und strahlte mich an in seinem braunen Glanze. Ich bestaunte und betastete es scheu, aber voll innerster Freude mit Augen und Händen und vergaß im Glück des Besitzes sogar den nachmittägigen Unterricht.

An Stelle der lateinischen Vokabeln traten nun die nicht minder rätselvollen Tasten des Klaviers, an Stelle der Milde und Güte des Hr. Kooperators die etwas barsche Strenge des Hr. Hauptlehrers.

Die Stunden in seinem kalten Klavierzimmer, da ich mit blaugefrorenen klammen Fingern die unbarmherzigen Tasten mühsam und ängstlich zusammensuchte und seine zornig dazwischen fahrenden Hände erdulden musste, waren keineswegs eine vergnügliche Sache und wurden mir oft zur Qual. Ich sah allmählich ein, dass ich eigentlich vom Regen in die Traufe geraten war. Doch lernte ich mit großem Eifer und machte gute Fortschritte.

Mein Vater genoss den Unterricht, den er sich selber gab, viel ungetrübter. Stundenlang saß er vor dem Instrumente, eroberte sich mit Fleiß und Liebe die Töne und Accorde und konnte schließlich selbsterfundene Melodien und die dazugehörige Begleitung geläufig herunterspielen.

Nebenbei musste ich auch noch das Singen nach Noten lernen und wurde schon nach kurzer Zeit zum Kirchenchorsänger befördert. Diese neue Würde schob mir allerdings auch neue Bürde zu und ich geriet im Widerstreit mit meinen Aufgaben als Häuptling der Sioux. Wie sollten sich die die Vorbereitungen für den Marterpfahl oder das Rauchen der Friedenspfeife vereinen lassen mit dem Einüben eines Marienliedes für die Maiandacht?

Aber ich hatte als Altsänger eine andere Chance, um die mich meine Rothäute beneideten. Ich durfte auf dem Kirchenchor neben der „Konstant Kathl" stehen, so gewissermaßen im Schatten ihres Ruhmes. Die Konstant Kathl – eigentlich hieß sie Katharina Konstantin – kannte in Haag ein jedes Kind. Sie war die erste Sopranistin und Solistin des Kirchenchores, die Primadonna von Haag, die Sängerin bei allen Turnerfesten und Schützenbällen und auch als weibliches Wesen von angenehmer Art.

Wenn an Festtagen die feierliche Musik durch den Kirchenraum tönte, die Orgel brauste, die Geigen jubelten, die Pauken donnerten und der Schussmüller mit rotem Kopf und vollen Backen seine Posaune dazwischen schmetterte, als müsste er die Mauern von Jericho aufs Neue zum Einsturz bringen, da glänzte der Ruhm der Konstant Kathl. Ihre sieghaft helle Stimme jubilierte beim Solo im Sanktus oder Benediktus über alle Orgelpfeifen und Geigengesänge hinaus wie Lerchentriller, und die stummen Beter drunten in den Stühlen lauschten und wussten: Das ist sie, die Nachtigall von Haag und Umgebung.

Ich aber stand neben ihr, schmiegte meine blanke Knabenstimme zärtlich an ihren lichten Sopran, verflocht sie gleichsam mit ihm zu einem Zwiegespräch der Töne und Gefühle, und ein Strählchen ihres leuchtenden Glanzes fiel auch auf mich, den kleinen Altsänger. Am Schlusse lächelte sie mich an, strich mir mit ihrer weichen Hand anerkennend über meinen Bubenkopf und ich stieg mit den Weihrauchwolken in den siebenten Himmel. Und was mich am meisten freute: Der Hermann Karl war als Chorsänger nicht zu gebrauchen.

Nachdem es nun feststand, dass ich Lehrer werden sollte, musste ich mir auch noch die Anfangsgründe des Violinspiels aneignen, verzwickte Rechnungen lösen und die hohe Schule der deutschen Grammatik reiten lernen. Denn die Aufnahmeprüfung in die Präparandenschule Freising war nicht leicht und es wäre eine Schande gewesen, sie nicht zu bestehen.

Ach, sie warf die ersten schweren Schatten in mein junges, bisher so sorgloses Leben!

Ein jeder von uns ist wohl so mit seinen Lebenswegen

einmal in eine Kurve geraten und hat, von irgendwelchen Umständen oder Personen gezwungen, seine Galesche eine Wendung um 90 Grad nach links oder rechts machen lassen!

Der Schwammerlsucher

Die Pilzzeit ist wieder da und mit ihr erwachen die Jagdinstinkte des zünftigen Schwammerlsuchers. Er schnuppert in den Himmel wie ein Dachshund, sein pilzbegeistertes Herz wittert Schwammerlluft; der Mond ist im Wachsen, warme Regen sind gefallen, das Holz dunstet und brütet von Feuchtigkeit, da müssen sie herauskommen, diese form- und farbenfreudigen Märchengestalten des Waldes, diese possierlichen Gnomen des Moosgrundes. Er kennt sie beinahe alle, seine Feinde und Freunde, jene böswilligen und missgünstigen, die uns den Tod an den Hals bringen möchten und die vielen, vielen einsichtigen und wohlwollenden, deren Fleisch unseren Kriegstopf angenehm bereichern helfen. Das zahlreiche Völkchen der blassblauen Täublinge, feurigen Reizker, die milchigen Brätlinge und graufarbenen Schafeutern, die drolligen Pfifferlinge, die in Rudeln auftreten wie die Gassenbuben, die geselligen Hallimasche und finsteren Morcheln, den einsamen stolzen Parasolpilz mit dem riesigen geschuppten Regendach, der wie eine zierliche Pinie zwischen den Stämmen steht, den edlen Champignon und nicht zu vergessen den Liebling aller Schwammerlleute, den Schwergewichtler unter den Pilzen, den mastigen, wohlgenährten und muskulösen Steinpilz.

Der zünftige Schwammerljäger weiß aus Erfahrung, die Pilze kann man nicht „brocken" wie die Himbeeren, man muss ihre Zeit abluren, muss sie fangen, überlisten, sie sind auf einmal da, über Nacht, und ebenso schnell wieder verschwunden. In aller Herrgottsfrühe und aller Heimlichkeit macht er sich auf die Pirsch, er will von niemand gesehen sein, das Schwammerlsuchen verträgt keine Reklame, will er doch der erste sein auf „seinen Plätzen". Er ist abergläubisch wie alle Glücksritter, die der launischen Dame Fortuna sich anvertrauen und hat es deshalb nicht gerne, wenn ihm ein Kater über den Weg läuft oder eine Elster ankreischt. Er geht am liebsten allein und kann bei aller Gutmütigkeit wütend werden, wenn ihm in seinem Revier ein Zunftgenosse in die Quere kommt. Im Übrigen ist er ein überaus sozialer Mensch, der sich aus allen Schichten der Bevölkerung rekrutiert. Doch ob er im zivilen Leben mit „Herr Rat" tituliert wird oder sein Brot als Sägfeiler verdient, hier im Wald heraußen ist das ganz Nebensache, hier ist er nur Schwammerlsucher und die Pilze fragen nicht nach Amt und Würden. Sie üben eine Art ausgleichender Gerechtigkeit und verschenken sich jedem, der nach ihnen zu fahnden weiß. Ich kann mir keine Beschäftigung denken, die geeigneter wäre, die Lasten des Tages auf ein paar Stunden vergessen zu lassen, als das Schwammerlsuchen und eigentlich sollte es der Arzt jedem verordnen, dem der Irrgarten seiner Berufs- und anderer Sorgen die Nerven verwickelt und das Gemüt verschoben hat.

Wie köstlich, so eine Streife durch den morgendlichen Sommerwald! So weg- und zeitlos dahinzuschlendern durch das braune Gestämm der harzig duftenden Nadelträger auf dem federnden Smyrnateppich des Mooses!

Wenn der Boden noch dampft vom Tau, wenn die Vogelrufe springen von Baum zu Baum und die ersten goldenen Lichtlanzen der Sonne durch das grüne Waldgewölbe stoßen! Freilich, der eifrige Schwammerlsucher lässt sich dadurch nicht ablenken. Ihn hat die Leidenschaft schon am Rockzipfel, wenn er den Wald betritt, ohne dass er's selber merkt. Seine Blicke schweifen unausgesetzt über den Waldboden hin, spähen links und spähen rechts und suchen in jedes dämmrige Dickicht einzudringen, als könnte er mit den Augen die Pilze herbeilocken. Da – im Unterholz, unter einer jungen Fichte, der erste Steinpilz. Und da noch einer und noch einer. Ein jeder ein Apoll unter seinen Artgenossen, dick und fassrund der Strunk und wundervoll sammtbraun die gewölbte Kappe, noch von Nadeln und Moosresten bedeckt. Wie Erdmännchen stehen sie da, vom Zauberspruch eines Waldgeistes gerufen, eben aus dem Boden geschlüpft und nun vorwitzig und neugierig die Welt um sich bestaunend. Ein idyllisches Gedicht sind sie, ein Stillebengemälde der Natur. Das Schwammerljagdfieber tobt ihm nun im Blute, die erste Beute verlangt nach mehr und er weiß, das Finderglück ist ihm heute besonders hold. Behutsam und mit den zärtlichsten Gefühlen schneidet er die Pilze ab. Die Schnecken haben noch nicht an ihrem Tisch gesessen und die Madenwürmer noch nicht ihre Eingeweide zerwühlt. Weiß und zart ist ihr Fleisch wie das einer Hühnerbrust.

In kurzer Zeit füllt er den Korb im Rucksack mit großen und kleinen appetitlichen Pilzen, er schmückt sie nach Waidmannsart mit einem grünen Fichtenbruch und trägt mit der reichen Beute ein Triumphgefühl des Sieges mit nachhause als seelische Dreingabe. Wenn er nicht gerade ein Heiliger ist, freut er sich auch noch ein wenig über den Neid der anderen. Ein Schwammerlheil dem sportgerechten Pilzjäger!

Kirchweih

Kirchweih, Fest der Bauern!

Nun lag die Ernte nach mühevollem und langem Sommerwerkeln glücklich in den hohen Firsten und breiten Giebeln der Gehöfte, die schier barsten von der Fülle des Erdesegens. Korn und Heu, noch die wohlige Wärme der Sommersonne in sich tragend, quollen hoch bis zum Scheunendach, Kartoffeln und Rüben türmten sich zu Gebirgen und in der Obstkammer reiften die Birnen und Äpfel der letzten Süße entgegen. Die fleißigen Hühner hatten dafür gesorgt, dass der Korb der Bäuerin sich füllte mit dem sanftovalen schneeigen Rund der Eier und der dicke Milchrahm hatte sich in duftiges Butterschmalz verwandelt, das goldgelb und appetitlich in den Töpfen glänzte. Fett und wanstig suckelte das Schwein im Kobel, bereit, seinen Kostgebern einen saftigen Kirchweihbraten auf den Tisch zu stellen.

So waren Haus und Hof gerüstet für den „Kirta" und ihr goldener Überfluss wies den Bauern geradezu darauf hin, sich kernhafte und mundfeste Genüsse zu gönnen, die den Gaumen und das Herz erfreuten und auch den Magen befriedigten. Am Kirchweihsonntag, da musste der eichene Tisch am Herrgottswinkel seufzen unter der Last von Gebratenem und Gebackenen aus Küche und Keller, Hof und Stall. Und wenn einige Silbertaler heraussprangen aus der Truhe für das Kirtabier, so machte das nichts aus, denn es bestand die sichere Aussicht, dass sie sich bald wieder vermehrten.

Kraft des Gesetzes, dass alle menschlichen Güter sich ausgleichen müssen, floss der überquellende Reichtum der Bauernhöfe von selbst hinein in die Häuser der

Handwerker und Geschäftsleute unseres Ortes, ohne viel Feilschen und Handeln, denn Bürger und Bauern, die kannten einander, lebten voneinander und bildeten eine enge wirtschaftliche und menschliche Gemeinschaft, die auch die Kirchweihfreuden miteinander teilte.

Für uns Buben begann das Fest schon in der Mittagsstunde des Samstags. Unruhig rutschten wir auf den Bänken des Schulzimmers herum, wenn die Zeit gegen 12 Uhr schritt, um dann – losgelassen – wie eine Koppel junger Füllen über die Schultreppe hinunterzustürmen zur Kirche, zum rückwärtigen Toreingang unterm Turm, wo durch hölzerne Röhren im Deckengewölbe die vier Glockenschwänge herunterführten. Im Hui hingen wir daran wie zappelnde Fische an der Angelschnur und zogen mit einem Eifer, der, in der Schule angewandt, die besten Erfolge hätte reifen lassen. Und dann begannen die schweren Glocken hoch oben im Glockenstuhl des

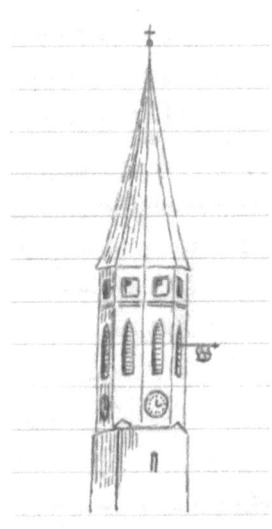

Abb. 20: Das Fähnlein

Turmes zu schwingen und zu klingen, erst die helle, schnelle Kinderstimme der kleinsten, dann die zwei mittleren im tiefen Alt, und schließlich langsam und väterlich der dröhnende Baß der ganz großen, deren Rufen nur das Gewicht von 2en oder 3en von uns zum Leben erwecken konnte. Das Geläute klang heute besonders feierlich und drang hinaus übers weite, abgeerntete herbstliche Land zu den zahlreichen Höfen ringsum, die, einzeln oder in freundnachbarlichen Gruppen, behaglich in sanfte Talmulden sich schmiegen oder stolz und beherrschend auf Hügelrücken thronen. Feiner Rauch kräuselte aus den Schornsteinen und verriet, dass am Herd in der Kuchel die Vorbereitungen für das Fest bereits im Gange waren.

Nun aber kam das lustigste. Um die erzernen Stimmen oben wieder zum Schweigen zu bringen, hängten wir uns faul und schwer wie Mehlsäcke in die Stränge und ließen uns von der beharrenden Kraft der schwingenden Glocken hochtragen bis zur Decke. Auf und ab und ab und auf schwang die senkrecht wirkende Schaukel, wohl ein halbes Dutzendmal, bis die Pendelkraft der Glocken erlahmte und ihr Klingen verstummen ließ.

Und dann vollzog der Mesner die feierliche Handlung, auf die wir alle mit Spannung warteten, und steckte das quadratische Kirchweihfähnlein durch eines der großen spitzbogigen Schallfenster. Es erschien winzig, fast lächerlich klein in der Höhe, das lustige Zachäusfähnlein mit seinen heiteren Farben, dem großen zinnoberroten Kreuz auf gelbem Grunde, es flatterte geschäftig im Winde, winkte und grüßte zu uns herab wie ein Schulbub mit der Mütze, als wollte es rufen: Freuet euch! Freuet euch! Und lasst euch den Schmaus gut schmecken. Denn Kirchweih ist nur einmal im Jahr. Und der Turm selber hatte auch seinen Spaß damit und lachte im Sonnenschein.

Für den Schmaus sorgte schon die Mutter zuhause. Mit rotem erhitzten Gesicht stand sie in der dampfenden Küche, wo die letzten Nudeln im brodelnden Schmalz der Pfanne schwammen, während die fertigen, fettig und zufrieden glänzend, mit goldbraunen Backen in stattlicher Zahl in den Schüsseln sich häuften. In der Speise lagen die rosigen Leiber von zwei wohlgemästeten Gänsen, denn an der Kirchweihtafel saßen bei uns viele Esser: Die Eltern, die Kinderschar und zwei oder drei ledige Gehilfen, denen der nach beiden Seiten hin ausgezogene Tisch Platz und Kost bieten musste.

Es gab die so sehr beliebten lockeren Schinkenknödel, eine verfeinerte Auflage der Tiroler Speckknödel, große Stücke Schweinernes und Gansbraten und leckere zuckerbestreute Küachl und roggene Schuxen in beträchtlichen Mengen, so

Abb. 21: Der Kirchweihtisch

dass jeder ohne Hemmung und nach Geschmack hineintauchen konnte in die Freuden des Kirchweihfestes, ohne fürchten zu müssen, sie zu schnell zu beenden.

Der volle Bauch verlangte nun nach Bewegung und wir machten uns draußen in der Holzlege eine „Hutschn" auf, die den ganzen Nachmittag nicht mehr zur Ruhe kam und unermüdlich pendelte von Norden nach Süden und von Süden nach Norden. Das war nicht etwa ein Sondervergnügen für uns Bürgermeisterskinder, sondern ein von altersher und überall geübter Brauch, wo Jugend etwas mitzureden hatte. Die Hutschn in der Tenne gehörte zur Kirchweih wie der Christbaum zum Weihnachtsfest und konnte nicht hoch genug schwingen.

Aus den Fenstern des Schwinghammersaales quäkte die Basstrompete – man hörte sie zu uns herauf – und rief die ältere Jugend auf zum Kirchweihtanz. Hoho! Heut blieb niemand zurück, der eine Schneid hatte und einen Schatz dazu. Es bauschten sich die weiten Röcke der festen Dirnen und die bunten Bänder ihrer langen Schürzen flogen im Schwunge des Tanzes, es stampften die Burschen mit schweren Bauernstiefeln im Takte der quietschenden Klarinetten über den holprigen Bretterboden, balzten und girrten und schnackelten wie Spielhähne um die Herzerwählte und opferten in Liebesseligkeit gerne ihre sauer verdienten silbernen Zwanzger für eine Extratour mit der schwarzen Urschl oder der blonden Kathl.

Und die allzeit durstigen Spielleute verwandelten sie sofort in eine Maß malzigen Kirtabieres. Ja, die Musikanten! Ihnen gebührte ein eigenes Kapitel in diesen Tagen des Kirchweihfestes. Sie kamen am Sonntag und Montag aus dem Essen, Trinken und Blasen gar nicht mehr heraus und manch einer verschlief den Rest der Nacht, der ihm noch übrig blieb, der Einfachheit halber gleich an Ort und Stelle seiner Tätigkeit, in den Armen seiner treuen Trompete, weil er sich dadurch den immerhin unsicheren Heimweg ersparte.

Die verheirateten Manner fanden sich in den Wirtsstuben zusammen, hockten mit den schwarzen Hüten auf den Köpfen und den langen Stöcken zwischen den Beinen eng beieinander auf den harten Bänken, rauchten schlechte Zigarren oder rauhen Tabak und sogen mit genussvollem Bedacht den würzigen braunen Saft in die Gurgel. Ernte und Preise, Acker und Stall beschäftigten ihre nüchternen sachlichen Gespräche, aber allmählich beschwingte das Bier ihre trockene Seele und die musikalischen unter ihnen kehrten nun ihre Gefühlsseite heraus und sangen, meist zweistimmig, rauh aber herzlich, mit Liebe und

Hingebung, schwelgend im Schmalz, das ihnen noch im Magen lag, das wundervolle, Natur- und Menschenliebe so innig verbindende Lied:

„Wenn die Blümlein draußen zittern und die Abendlüfte wehn"

Und dann erinnerten sie sich auch der Zeit, da sie als Kanonier, schwerer Reiter oder bayerischer Schwalangscher des Königs Rock getragen und alte Soldatenlieder stiegen hoch, z.B. *„Zu Sedan, wohl auf den Höhen, da steht ein bayrischer Soldat"* Dabei starrten sie, verliebt und versunken in den eigenen Gesang, einander in die bierverklärten Gesichter, als wollten sie Text und Melodie sich gegenseitig ablesen, drückten die Augen halb zu wie krähende Gockel und überließen sich ganz ihrer Sangeslust und einer zeitlosen Bierseligkeit. Ein kleines Kirchweihräuschchen gehörte ebenso zu Glück und Brauch des Tages wie Schweinsbraten und Schmalznudeln und sie trugen es geduldig ihrer Alten nach Hause als gewohntes Kirchweihangebinde, wie der Hans im Glück seinen Schleifstein.

Freilich gab es auch solche, die der Biergenuss kampflustig und rauferisch machte und die ihren harten Schädel erproben wollten an der Kraft eines Maßkruges oder Haselbuchenen. Nun sie fanden schon Gleichgesinnte, die mit ihnen denselben Wunsch teilten, und so beendete eine gemeinsame solide Schlägerei das Fest der Kirche.

Das Turmwächterlein droben, das gelbrote Kirchweihfähnchen, schien nichts dagegen zu haben und flatterte und wachelte verständnisvoll und zustimmend. Die ganze Woche hindurch grüßte es befriedigt von seinem Hochsitz herunter. Nur wurde es stiller und stiller von Tag zu Tag, denn das Fest war vorüber und die Zeit bald vorbei, da es noch die Sonne genießen und Luft schnappen konnte auf seiner luftigen Höhe. Am Sonntag nach dem Zwölfuhrläuten verschwand es sang- und klanglos für ein ganzes Jahr in die Truhe in der Sakristei, wo es nun schlafen konnte und träumen von vergangenen und zukünftigen Kichweihfesten.

Föhn

Dann kam die Zeit, da die Nebelfrauen ihre grauen Schleier woben über die falben Wiesenhänge und braunen Ackerbreiten und eine rauhfeuchte Luft an den nahenden Winter mahnte.

Aber manchmal schlich doch ein Gast aus südlichen Landen herein, leise unbemerkt, oft über Nacht, versengte mit seinem warmen Atem das unfreundliche Nebelgewebe und entzündete das goldene Licht der Sonne. Am Morgen begrüßte ein blitzblanker, strahlend blauer Himmel das Land und eine glasklare, wunderbare laue Luft lagerte auf Täler und Höhen.

Der Wetterzauberer war der Föhn. Er zog uns mit Gewalt hinaus ins Freie, hinein in seinen wohligen, linden streichelnden Hauch, der Stamm und Stein umfloss wie eine laue Flut, darin man Leib und Seele baden konnte wie im sommerwarmen Mühlweiher.

Vom Gidiberg aus tat sich eine unendliche Ferne auf. In einer einzigen, tiefblauen, in den hellen Himmelsrand gekanteten Kette lag das Gebirge vom Untersberg bis zum gewaltigen zackigen Karwendel und davor das wellige Land, übersprüht vom letzten Glanz der Sonne, überschwemmt von einer Lichtfülle und Farbenherrlichkeit, wie sie nur ein spätherbstlicher Föhntag entfalten konnte.

Es war ein Fest der Verklärung.

Die Natur hatte ihr großes Werk getan. Nun lag sie in feiernder Stille, träumend und ausruhend, nachdem sie aus ihrem Schoße den reichen Segen ihrer Schöpferkraft ausgeschüttet in die Scheuern und Scheunen der Menschen. Sie ruhte, wie ein Bauersmann ausruht, der nach der langen und mühevollen Arbeit des Tages seine Hände in den Schoß legt und eine Stunde des Rastens sich vergönnt.

Silbern schwammen die Herbstfäden gleich Quallen oder Traumgebilden einer Lustseele durchs Blau und um den Schlossberg wand sich ein brennender Kranz von roten, gelben und lichtbraunen Laubkronen. Es war ein letztes Aufleuchten der Natur, das Lust und Wehmut zugleich erweckt, ein Nachklang des Sommers, der das Herz sättigte, bevor es die Entbehrungen des Winters auf sich nahm.

Doch nicht immer kam der Föhn auf leisen Falterflügeln. Manchmal ritt er mit gebauschtem Mantel und flatternden Zügeln über die Lande und weckte uns nachts aus dem Schlafe. Seine ungestümen Fäuste trommelten an die Fenster und Türen unseres Hauses und rüttelten an den Läden und sein ungebändigtes Sturmross röhrte im Rauchfang wie ein Hirsch in der Brunftzeit. Das ganze Haus wurde lebendig und tausend geheimnisvolle Stimmen drangen zu uns hinein in die Schlafstube. Aus allen Winkeln und Nischen huschten unerklärliche Geräusche, die unsere Sinne wachhielten und Furcht und Angst hineintrugen in unser Kinderzimmer. Schlich ein Dieb über die Bodentreppe, weil sie so knisterte und knackte? Klapperten die Ziegel am Dach oder tanzten Totengebeine draußen vor der Tür?

Die Nacht rauschte und brandete wie ein fernes Meer in

immer neuen Wellen an die Mauern des Hauses und die aufgewühlten Lüfte heulten darüber hinweg wie Wotans wildes Gejaid.

Wenn dann so eine Sturmnacht vorüber war, begrüßten wir umso freudiger den Tag und ich beeilte mich, als erster hinauszukommen aus dem Haus, denn ich wusste, der gewaltige Föhn hatte mir einen köstlichen Tisch gedeckt auf dem Rasen der Obstgärten.

Die zwei großen Nußbäume nebenan schlugen, vom Sturmwind aufgescheucht, mit ihren entblätterten Zweigen zornig um sich. Sie hatten ihre letzten Früchte herabgeschleudert zu mir ins Gras, die Zwetschgenbäume daneben ihre zwar verhutzelte aber süßeste Auslese hergegeben und manch zäh hängender Apfel im Schloßsimmerlgarten, den mein Steinwurf nicht erbeuten konnte, lag nun mit rotgelbem Amorettengesicht mir zu Füßen. Oh, es waren herrliche Schlaraffengaben!

Dann liefen wir dem Sturm entgegen, ließen uns den Staub von der Seele blasen, stemmten uns, wenn er uns umzuwerfen drohte und rauften mit ihm um die Mütze, die nicht fest genug auf dem Kopfe saß.

Die jungen Birken hinterm Lackneranwesen machten es nach und bogen sich vor Lachen, wenn er sie am Schopfe zauste und ihnen die goldgelben Dukaten aus den Haaren kämmte. Sie wirbelten und tanzten im lustigen Durcheinander durch die blaue Luft wie goldene Schneeflocken, taumelten zur Erde nieder, hüpften und tollten wie eine mutwillige Lämmerschar über Weg und Zaun und flüchteten schließlich zum Verschnaufen in einen windstillen Graben.

Um die trotzigen Mauern des Schlossturmes klangen schaurige Orgelklänge und die große Wetterfahne auf seiner Spitze drehte sich aufgeregt und klagend in den rostigen Angeln. Eine unsichtbare Hand schlug die windschiefen Läden an den Erkertürmchen krachend auf und zu, so dass man hätte glauben können, alle Geister des alten Turmes seien nun aufgeschreckt und würden augenblicks erscheinen in den schwarzen Fensterhöhlen. Aber es kamen nur die Dohlen heraus aus ihren Schlupflöchern, warfen sich mit gespreizten Fittichen und kämpferischen Rufen dem Sturm entgegen, ließen sich zurücktragen von der Gewalt seines Atems, um aufs neue hochzustoßen im Schwunge ihrer Flugkraft.

Am südlichen Hügelrand des Hofgartens steht eine Linde mit einem beinahe zwei Meter dicken Stamm und einer gewaltig großen, alle Nachbarn überragenden Krone. Sie mag schon mehrere Jahrhunderte erlebt haben, ist aber noch jung und frisch bis in die letzten Zweigspitzen. Eine kleine Terrasse ist ihr vorgebaut, von wo aus man einen weiten Blick genießt übers Land und aufs Gebirge.

Mit ihr verband mich ein ganz persönliches Verhältnis, sie war mir ein lieber Freund, guter Kamerad und vertrauter Spielgenosse und es verging in der guten Zeit des Jahres kaum ein Tag, da ich sie nicht aufsuchte. Ich freute mich über ihre grüne Frühlingspracht ebenso wie über ihre braunleuchtende Herbstfärbung und saß oft auf dem stillen verborgenen Platz unter der Krone, da, wo der mächtige Stamm in starke Arme sich teilte und ein natürliches Zelt bildete.

Sie traf der Föhn mit der ganzen Wucht seiner Kräfte und schwang sie hin und her wie eine riesengroße Schaukel. Konnte es etwas Schöneres geben als in ihrem schwingenden Geäst zu sitzen, ihr Beben und Schwanken im Blute zu fühlen und zu lauschen auf das Brausen und Sausen darüber, das im Sturm auf und abebbte wie die Brandung der See!

Abb. 22: Die Hofgarten-Linde

Ich bildete mir ein, auf einem einsamen Schiff zu fahren mitten im Weltenmeer, und wenn ich die Augen Schloss, sah ich ein wildbewegtes unermesslich großes Wasser, dessen Wogen sich unaufhörlich auf mich zuwälzten wie reißende Wölfe und mich mit offenen Rachen und fletschenden Zähnen zu verschlingen drohten. Da setzte ich mich aber flugs auf eine eilende Wolke und ritt mit den Flügeln des Windes jauchzend über Land und Meer bis ans Ende der Welt. –

Der Zaubersee

Wenn die rauhen Novemberstürme übers Land stürzten, das letzte Laub von den Bäumen wirbelten und die letzten Gassenbuben von den Spielplätzen dazu, dann nahmen uns die treuen Wände unserer guten alten Wohnstube schützend und wärmend in ihre Hut.

Die Winterfenster wurden eingehängt, die Zwischenräume unten an den Fugen mit einem grünen Pelz aus Moos gefüttert und des Abends die Läden geschlossen, - dann saßen wir so heimelig und wohlgeborgen in unserer Insel und kein Geräusch von außen drang in diese Stille.

Das Licht der Zuglampe, das mit seinem Kranz von kleinen Flämmchen aussah wie ein feuriges Wolfsgebiss, eine tägliche Reinigung mit der Putzschere beanspruchte und Abend für Abend eine Kanne Öl verschlang, warf einen milden traulichen Schein auf das alte Ledersofa und den großen Auszugtisch, um den wir Kinder wie die Küchlein herumgekuschelt saßen.

Im Ofen krachten die Holzscheite und in der Durchsicht brutzelten Äpfel und dufteten die Stube aus. Die Familie rückte leiblich und seelisch enger zusammen, die zerlesenen Märchenbücher wanderten aus dem Schrank und das Werkeln und Basteln kam in Schwung, wie ja alle unsere Spiele von den Jahreszeiten bestimmt waren.

Wir schnitten Spiralen aus dünnem Karton und stellten sie, auseinandergezogen und auf einer Nadelspitze balancierend, auf den Ofen. Schon nach kurzer Zeit begannen sie, sich lautlos, von unsichtbaren Kräften bewegt, zu drehen, als seien Geisterhände hier am Werke. Es war aber nur die vom Ofen aufsteigende warme Luftströmung, die diesen toten Dingen gespenstisches Leben einhauchte.

Wir wurden auch erfinderisch und übertrugen durch kunstvolle Mechanik die kreisende Bewegung einem hammerschwingenden Schmied oder einem sägenden Holzmacher und freuten uns königlich, wenn unsere Papiermänner unentwegt und geräuschlos arbeiteten, ohne zu ermüden.

Auch eine herrliche Burg bauten wir einmal zusammen, mein Bruder Rudi und ich. In wochenlangen Mühen sägten wir die einzelnen Wandteile aus mit Toren und Fenstern, Zinnen und Scharten, fügten sie zusammen und streuten auf die mit Leimwasser bestrichenen Wände grauen Sand, so dass wirklich der Eindruck von altem Gemäuer entstand, wie es uns der alte Schlossturm in Natura zeigte.

Die Burg war großartig und Tag und Nacht beschäftigte ihre Ausgestaltung meine Phantasie. An der Außenseite führte eine aus Steinchen zusammengefügte Auffahrt hinauf, ähnlich unserem Schlossberge, und ein in Moos gebetteter Spiegelscherben bildete den Wassergraben. Soldaten wachten auf den Mauern, übten in den Höfen und an besonders gefährdeten Punkten drohten Kanonen. Aber auch diese Burg fiel eines Tages – wie so manche echte – Steinkugeln und Brandpfeilen zum Opfer.

In jenen gemütlichen Abendstunden schlichen leise und sacht die ersten Weihnachtswünsche herein und betörten in kühnen Träumen Herz und Sinne. Aber noch blieben sie verheimlicht, unausgesprochen, weil jeder mit sich selbst noch handelte und feilschte. Lange plagte mich der Zweifel, ob ich mir vom Christkind ein Bolzengewehr bestellen sollte mit automatischer Scheibe, die beim Schuss ins Schwarze den Teufel mit der roten Zunge hervorspringen ließ, - oder eine Lokomotive mit Dampfantrieb, wie der Hermann Karl sie besaß.

Aber da trat ein Ereignis ein, das mich aus dem Zwiespalt herausführte. Eines Tages waren an Stadeltoren und Mauerecken Plakate angeheftet, die verkündeten, dass Schmids Marionettentheater sich die Ehre gebe, um nächsten Sonntag im Schwinghammersaale ein romantisches Ritterschauspiel in 3 Akten, „der Zaubersee", zur Aufführung zu bringen, wozu die Direktion das sehr verehrte Haager Publikum zu zahlreichem Besuch einzuladen sich erlaube. Für Kinder würde eine Nachmittagsvorstellung zu halben Preisen stattfinden.

Mit großen weit aufgerissenen Augen las ich die Ankündigung auf dem Theaterzettel. Schon entwachsen den einfältigen Späßen des Kleinkinder-Kasperlspiels und eingesponnen in die romantischen und rührenden Christoph v. Schmid'schen Rittergeschichten, war ich sofort entflammt für den „Zaubersee", und die heißesten Wünsche wurden wach. Es galt nur noch, die Erlaubnis zum Theaterbesuch meiner Mutter abzulisten.

Wie ein Schäferhund strich ich um sie herum und setzte eine bekümmerte Miene auf, um sie zu der Frage zu veranlassen, warum ich so traurig sei. Aber die Wirkung blieb aus. Da wagte ich eine letzte Erklärung, ein Ultimatum sozusagen und sagte: „Mutter, warum redst denn gar nix? Könnst aa sagn: Gustl, hast kei' Lust, `s Marionettentheater zu sehn?"

Der Überfall entwaffnete sie, mein Spiel war gewonnen. Ich konnte den Sonntag kaum erwarten und als ich endlich im Schwinghammersaale saß, – mein Bruder Rudi war mit - da stieg das Erregungsthermometer auf Fiebergrade.

Der mit schwatzenden und lachenden Kindern dicht gefüllte Zuschauerraum war verdunkelt, nur zwei Kerzen, gegen uns zu abgeblendet, beleuchteten den schön bemalten Vorhang, hinter dem nun wohl geheimnisvoll und erregend die letzten Vorbereitungen für das Spiel getroffen wurden.

Ein Klingelzeichen machte die Kinderschar verstummen, ein zweites ertönte und der Vorhang rollte empor. Wir blickten in einen prunkvollen Rittersaal mit rotseidenen, waffengeschmückten Wänden, ein runder goldener Tisch und goldene Stühle standen in der Mitte. Durch das Erkerfenster im Hintergrund sah man weit hinaus ins Land, auf Wälder und Burgen und auf einen See in der Tiefe.

Nun traten zwei Ritter herein in glänzenden Rüstungen, wallenden Helmbuschen und klirrenden Schwertern und redeten in vornehmer Haltung und getragener Sprache miteinander, und der jeweils Sprechende bewegte bedeutungsvoll seine Arme, um sich dem Publikum als Sprecher kenntlich zu machen. Sie wirkten auf der kleinen Bühne groß wie erwachsene Menschen und ihr eigentümlich hüpfender Gang, die schwankenden Wendungen ihrer Gestalten, die dem lebendigen Leben fremd waren, störten mich nicht im geringsten, wie es für mich auch ganz selbstverständlich war, dass diese Würde der Sprache und diese Einfalt der Gesten damals in der Ritterzeit einfach gang und gäbe gewesen sei.

Jetzt erschien auch noch ein liebreizendes Ritterfräulein in weißem Seidenkleide mit einem Federbarett auf dem Lockenhaar und flötete in den süßesten Tönen von Liebe und Treue und Gottvertrauen, so dass mir ob dieses Ausbundes von Anmut und Tugendhaftigkeit Tränen der Rührung in die Augen traten.

Besonders deutlich haftet noch in meiner Erinnerung das Szenenbild des 3. Aktes: Im seitlichen rechten Vordergrund eine Zugbrücke mit dem Burgtor und Teilen der Burgmauer, der ganze übrige Bühnenraum ein unermesslicher weiter See, der im Mondschein glitzerte und gleißte und seine Fluten wirklich hob und senkte im Wellenspiel des Windes, als wäre die Natur selbst hereingezaubert auf die Bühne. Wir rissen Augen und Mäuler auf und konnten dieses Wunder von Hexerei gar nicht verstehen. Bruder Pepi, der zu Mitgliedern der Theatergesellschaft in Beziehung getreten war, erklärte uns hernach, man hätte mit Wellen bemalte Bodenkulissen wie Schaukeln gegeneinander geschwungen und so ein windbewegtes Wasser vorgetäuscht.

Auf diesem Zaubersee also kam ein von einem Schwan gesteuertes weißes Schifflein gezogen, darin ein Ritter stand in silberner Rüstung, der nun über die Zugbrücke in die Burg eindrang, um seine Braut zu befreien, eben jenes Ritterfräulein mit dem Federbarett, das während seines Zuges ins Morgenland von einem anderen Ritter geraubt worden war.

Das Schlussbild war unbeschreiblich schön. Während das vom Schwan gezogene Schifflein mit dem Ritter und seiner befreiten Braut seine Bahn zog durch den wogenden See, erklang Sphärenmusik, goldene Sterne flockten herab und verwandelten den Zaubersee in flüssiges Gold und in überirdischem Lichte erstrahlten die Gestalten des Ritters und seiner Braut in vereintem Glück.

Der Vorhang fiel. Ich aber saß noch eine ganze Weile der Wirklichkeit entrückt auf meiner Bank. So etwas Herrliches hatte ich nie gesehen. Die Kühnheit des Ritters und die Tugendhaftigkeit seiner Braut hatten mich zutiefst ergriffen und ich meinte, ich müsste nun vorgehen zur Bühne und dem Ritter die Hand drücken für seine kühne Tat und dem Ritterfräulein meine Freude kundgeben wegen ihrer glücklichen Rettung.

Es war bereits dämmrig, als wir ins Freie traten. Niemals zuvor waren mir die vom Novembernebel feuchten Straßen, die grauen Häuserwände, die schemenhaft im Dunkel stehenden Bäume mit ihren unbeweglich wie ein Gerippe in die Luft starrenden Zweige so kalt, öde und nüchtern erschienen wie in dieser Stunde.

Aber eines wusste ich jetzt. Ich wünschte mir auf Weihnachten ein Puppentheater.

Weihnachten

In den Tagen vor Weihnachten fiel meistens der erste richtige Schnee. Der milchig weiße Himmel hielt seine kalte Last schon seit Tagen bereit in seinem Schoß, um sie herabzuschicken auf die wartende Erde und auf die wartenden Kinder. Denn ein Weihnachten ohne Schnee wäre nur ein halbes Fest gewesen.

Erst taumelten einzelne Flöckchen herunter aus dem grauen Nichts wie trunken weiße Schmetterlinge, unentschlossen, wohin sie sich setzen sollten, bald folgten Tausende und Zehntausende, und schließlich war die ganze Luft erfüllt von schwebenden weißen Federchen, die sachte herniederschaukelten und wie mit stillen leisen Händen die Erde zudeckten wie eine Mutter ihr schlafendes Kind. Sie legten sich auf die Äcker und Wiesen, auf die Gärten und Wege, Bäume und Zäune und hüllten die Schläfer da drinnen in ein warmes schützendes Tuch.

Manchmal fuhr der Wind dazwischen, dann tanzte und tollte ein mutwilliges Heer hurtiger Schimmel durch die Lüfte, keine Hauslänge weit konnte man schauen und die Vorstellung war nicht auszudenken, dass nun überall auf viele Stunden im Umkreis ein solch wildes Getümmel über die Lande jagte. Am anderen Tag lag das Land draußen weiß, soweit man blicken konnte, eingemummelt in einen dicken silbernen Pelz, der die harten Kanten und Ecken der Dächer in schneeige Rundungen verwandelte und alle kleinen Unebenheiten des Bodens einebnete, die Natur lag in Kissen und Polstern.

Es war seltsam still. Der Schnee dämpfte alle Geräusche, Die Stimmen der Menschen klangen verloren und ihre Tritte hallten nicht auf dem weichen Teppich. Schlittengeklingel war des Winters Stimme. An solchen Tagen liefen wir gerne hinaus zur Birket, wo der Schnee noch unberührt lag und nicht von Schaufel und Besen zerwühlt war wie in den Gassen des Ortes. Hier konnte man noch stapfen nach Herzenslust und je tiefer man hineinsank in die weiße Wolle, desto jubelnder war Freude.

Und wenn die Sonne ihre goldenen Pfeile herabschickte, verwandelten sich die Schneeflächen in blitzende Diamantenfelder, die jungen Fichten standen in rauschenden, edelsteinbesetzten Röcken und im Schatten leuchtete der Schnee blau wie der Himmel selber.

Es lag Waidmannslust darin, den Spuren des Wildes und seine geheimnisvollen Pfade zu verfolgen und zu ergründen: Die merkwürdigen Hexenhupfer der Hasen mit den vorgreifenden Hinterläufen, die Perlenschnur Reinekes, dessen nachschleifende Rute eine seltsame geschwungene Zeile hineingezeichnet hatte in das flaumige Weiß, oder die Schleichwege des Marders, der den Kreuzschnäbeln nachräuberte.

Unterm Nadeldach der Bäume lag der Schnee dünn und ließ stellenweise den Moosboden frei. Hier jagten die flinken Meisen nach Maden und Puppen und stickten mit zierlichen Zehentritten ein feines Spitzenmuster in die linnenweiße Decke.

Wohlgeborgen und geschützt gegen Frost und Eis lag nun die Welt und wohlgeborgen waren auch wir, wenn Hunger und Kälte uns wieder in die weihnachtliche Stube drängten, wo alle Vorbereitungen für das Fest im Gange waren. Die ganze Kinderschar half zusammen bim Sortieren der Weinbeeren und Mandeln, beim Zerschneiden der getrockneten Birnen und Feigen, beim Wiegen der verzuckerten Orangen- und Zitronenschalen für das so sehr beliebte Kletzenbrot. Mit Rum befeuchtet, vom Mehlteig zusammengehalten und mit einem Sternenkranz von Mandeln geziert, wurden beinahe ein Dutzend Laibe unterschiedlicher Größe geformt, denn alle, die Eltern, die Gehilfen und jedes der Kinder wollte mit einem Wecken Kletzenbrot bedacht sein.

Und dann kamen Tage voll Erwartung und Spannung, Augenblicke seligster Vorfreude, wenn wir klopfenden Herzens durch das Schlüsselloch des „Schönen Zimmers" spähten, den Duft von Tannenharz und Weihnachtsgebäck durch den Spalt sogen, oder gar ein Zweiglein mit einer weißleuchtenden Kerze darauf herauswinken sahen. Vor der Türe hatte das Christkind silberne Fäden verloren, also war es schon da gewesen.

Ein Geflüster und Geraune, das halb verheimlichte, halb offenbarte, huschte durchs Haus und verbreitete festliche Stimmung.

Und dann war er endlich da, der Tag des Heiligen Abends, der Tag, der so ganz für sich allein steht, so ganz außerhalb jeder Regel der Ordnung. Welcher im Jahr ist so lang wie der Tag vor der Weihnachtsbescherung? War es noch auszuhalten für uns Kinder?

Den Vormittag füllte noch ein lustiges Schlittenfahren aus vom Tor der Schlossmauer herunter bis zur Dorfner

Straße. Aber nachmittags kamen wir nicht mehr aus dem Hause. Da gabs große Reinigung in der Waschküche. Die Kindsanna half, den Schmutz der letzten Wochen hinwegspülen. Die Sonntagskleider lagen bereit, auf allen Gesichtern stand festliche Bereitschaft und nach dem Abendbrot schlug endlich die Stunde der Bescherung.

Vater und Mutter begaben sich ins „Schöne Zimmer" hinauf, um die letzten Vorbereitungen zu treffen, wir aber warteten drunten in der Wohnstube auf das Christkind. Keines wagte mehr, den Raum zu verlassen, oder ein lautes Wort zu sprechen, um den Ruf des Christkinds nicht zu überhören.

Und jetzt erscholl Vaters Stimme zur Stiege herunter:

„'S Christkindl is kemma!"

Wir stürzten die Treppe hinauf zur offenen Tür des „Schönen Zimmers". Da stand der strahlende Lichterbaum im Glanze seines Schmuckes, im Gefunkel seiner Kerzen und ringsherum auf Stühlen und Tischen ausgebreitet lagen die Geschenke.

Da stand auch wirklich und wahrhaftig wie ein kleines Schilderhaus mein Puppentheater, so groß, dass zwei kleine Spieler Platz darin fanden und auf seiner Rampe saß einträchtig aneinandergerückt die ganze Theatergesellschaft, der Kasperl und die Prinzessin, der König und der Zauberer und noch andere. Sie warteten schon darauf, dass ich ihnen ein warmes menschliches Herz einsetzte in ihre kleine Brust und eine fühlende Seele einhauchte ihrem starren Gesicht, damit sie lebendig würden, Spieler und Kämpfer in der Welt meiner Phantasie.

Ich war selig. Die Wogen der Freude stiegen aufs höchste. Man bewunderte gegenseitig die Geschenke, schnupperte den Duft der brennenden Kerzen, forschte nach den süßen Kostbarkeiten, die der Christbaum zu verschenken hatte und Schwester Anna deklamierte ein Gedicht:

Welche Freude, welche Wonne bringet uns das Weihnachtsfest!

Und wenn sie dabei stecken blieb und von den älteren Brüdern verlacht wurde, was tat's? Der ganze Überschwang kindlichen Glückes erfüllte den weihnachtlichen Raum und überstrahlte selbst die Lichter des Weihnachtsbaumes.

Bei dieser festlichen Gelegenheit kam auch ein kleines Fässchen Bier aus der gräflichen Brauerei Moy ins Haus, damit niemand mehr hinausstapfen musste in den winterlichen Schnee, es wäre denn, dass er die Mette besuchen wollte in der Mitternachtsstunde. Wir Kinder taten das gerne, einmal, weil der mitternächtige Gottesdienst im lichterfüllten Kirchenraum, die feierliche Musik zu Ehren des göttlichen Kindes, dieses einmalige Geschehen im ganzen Jahr, den weihnachtlichen Zauber nur noch steigerte, und zum anderen, weil wir am nächsten Tag, ledig jeder kirchlichen Pflicht, uns ganz den Freuden des Festes hingeben konnten im warmgeheizten „Schönen Zimmer".

Kusine Anna

Jedermann hat schon gehört von den Heimlichkeiten und Intimitäten oberbayerischer Schlafkammerl und ihren Requisiten, dem „Loaterl" und dem „Fensterl".

Auch in unserem Hause, im rückwärtigen Teil des Erdgeschosses, gab es ein Kammerl mit diesen Ausstattungsstücken. Aber das Fensterl war so klein, dass man kaum den Kopf hindurchstrecken konnte und das Leiterl so pechschwarz, als hätte es der Höllische aus der Unterwelt heraufgeholt. Auch war es keine Dirndlschlafstätte, sondern ein Spezialkammerl sozusagen, denn es enthielt jene Geräte und Werkzeuge, die unsere Gehilfen für den Betrieb des ehrsamen Kaminkehrergewerbes benötigten. „'S Ruaßkammerl" nannten wir Kinder dieses dämmrige Gemach, das an eine Folterkammer erinnerte, und den ich immer nur mit einem gelinden Gruseln betrat.

Doch niemals hätte ich gedacht, dass dieses unfreundliche Kammerl einmal eine Art Kultstätte für mich werden würde, ein Wallfahrtsort, zu dem ich pilgerte, wenn ich meinen seligsten Erinnerungen nachträumen wollte.

Mutters Schwester war in Rosenheim verheiratet an den Schneidermeister Klepper und ihre Kinder durften oftmals während der Ferien eine Zeit lang zu uns kommen. Heute war Kusine Anna auf 14 Tage zu Besuch angesagt und wir freuten uns alle sehr auf sie, kannten wir sie doch von früher her als gemütsfrohes und warmherziges Menschenkind.

Schon vorzeitig eilten wir hinaus auf den Gidiberg zu einer Bank unter einer großen Eiche, von wo aus man ein mehrere km langes Stück der in schlanken Bögen nach Süden schwingenden Wasserburger Straße überschauen konnte. Denn auf dieser Straße verkehrte täglich einmal die liebe alte Postkutsche und beförderte die wenigen Personen und Poststücke zwar langsam, aber treu und sicher nach der nächstgelegnen Eisenbahnstation Soien und zurück, da unser Markt damals noch nicht durch eine eigene Bahn mit der großen Welt verbunden war.

Mit diesem Postwagen musste Anna heute kommen, und so spähten wir erwartungsvoll auf die Stelle, wo das weiße Band der Straße den Wald verlässt. Jetzt löste sich ein grauer Würfel vom Waldsaum los und bewegte sich langsam auf der Straße weiter.

Ja, das war der Omnibus, worin die Erwartete sitzen musste. Nun gab's kein Halten mehr. Im Sturmlauf gings den Wiesenhang hinunter nach Altdorf und wir erreichten die Straße gerade in dem Augenblick, als der Postwagen die letzte Biegung hereinkurvte. Anna musste uns schon gesehen haben, denn ein Arm streckte sich aus dem Wagenfenster und winkte heftig mit einem weißen Taschentuch.

Der Postillon hielt an und Anna, unser Bäschen, stieg aus. Es gab zwischen den weiblichen Verwandten ein herzliches, gegenseitiges Begrüßen und Händeschütteln, ein fröhliches Lachen und Schwatzen. Gab das ein Gegacker, wie auf einem Hühnerhof!

Ich aber stand erstaunt und beinahe erschrocken beiseite. So hatte ich mir meine Kusine nicht vorgestellt. Wie sie gewachsen war seit dem vorigen Jahr! Wie stattlich sie wirkte in ihrem hübschen hellen, städtischen Kleid! Mit ihren blonden seidigen Haaren, die nicht mehr in mutwilligen Zöpfen flatterten, sondern sorgfältig zu einem hängenden „Mozartknoten" aufgesteckt waren! Alles Kindhafte hatte sie abgestreift, ein feines Stadtfräulein stand da unter uns und sie gefiel mir außerordentlich.

Ich war um einige Jahre jünger als sie und ein einfältiger, halb bäuerlicher Junge. Wie sollte ich da bestehen vor ihr! Scheu, halb ehrfurchtsvoll begrüßte ich sie. Sie aber lachte und fragte mich, warum ich so spröde sei, und ich fühlte aus ihrer herzlichen Art und warmen Stimme die Güte ihres liebevollen Gemütes.

Im Triumphe führten wir sie nach Hause. Ich hatte Ännchen – so hieß sie bei uns schon immer - einige Reiseschachteln abgenommen und trottete nun hinter ihr und meinen Schwestern drein, glücklich, ihr einen kleinen Dienst erweisen zu können. Sie schaute auf dem Weg öfters nach mir um und rief mir Scherzworte zu, die ich wie eine Liebkosung empfing und ernannte mich gleich zu ihrem Beschützer und Ritter.

Nichts schöneres konnte mir zuteilwerden. Ja, ihr Page wollte ich sein, ihr Schweinehirt meinetwegen, wenn sie die Prinzessin zu spielen beliebte. Ich wälzte gleich meine Pläne im Kopfe. Ich würde ihr die roten Stachelbeeren aus dem Garten der Brunnerin holen und wenn tausend Hexen ihn bewachten. Ich würde ihr die letzten süßen Kirschen vom Schlosshof als Morgengabe überreichen. Ich würde als mutiger Schwimmer mich erweisen und die lilienfeinen Seerosen aus dem Mühlweiher herausfischen, die sie, wie ich wusste, so sehr liebte. Ja, das würde ich.

Abb. 23: August Trautner
ca. 1888

Es folgte nun eine Reihe glücklichster Tage. Der Besuch aus Rosenheim begrub die Streitigkeiten unter uns Kinder und band die ganze Familie enger zusammen. Die Eltern wollten ihrer lieben Nichte die Reize des ländlichen Lebens bieten, damit es ihr recht gefalle und sie kein Heimweh bekomme, und unternahmen mit uns Kindern die herrlichsten Ausflüge in die benachbarten Dörfer, die immer mit fröhlicher Einkehr bei Bier, Wurst und Brot oder duftendem Kaffee mit braungebackenem Guglhupf verbunden waren.

Wir wanderten nach dem einsam zwischen großen Wäldern liegenden Wirtshaus Brand, dem Treffpunkt der Beerensucher und Schwammerljäger, oder nach Hackltal, von wo aus wir den weiten Blick genossen auf Haag und das ferne Gebirge. Wir veranstalteten eine Kegelpartie in Rechtmehring oder besuchten das liebliche Lengmoos, das mein Vater besonders liebte wegen seiner abwechslungsreichen Landschaft.

Aber auch die nächste Umgebung, die Schlossmauern, die Birket, der Bergkopf, der Mühlweiher schienen wie für uns da zu sein und stellten uns die naturgegebene Bühne für unsere spielerischen Unternehmungen.

Und drängte uns ein Regentag ins Haus zurück, vertrieben wir uns die Zeit mit Gesellschaftsspielen wie Ringelschieben, Mehlschneiden und dergleichen, wobei Pfänder eingesetzt und wieder ausgelöst werden mussten.

All dies jugendfrohe Tun und Treiben brachte ich nun in Beziehung zu meiner Kusine Anna. Was bedeuteten schon Hindernisse und Gefahren, wenn ich dafür ein zärtliches Lächeln, einen lieben Blick aus ihren blauen Augen eintauschte. Eine halb beklemmende, halb beglückende Unruhe war in mir erwacht und steigerte sich nun von Tag zu Tag mehr in eine seltsame Verwirrung hinein, die mir bisher völlig unbekannt war und der ich hilflos gegenüberstand. Es war mir, als hätte ich keine eigene Seele mehr, als würde mein ganzes Inneres aufgesogen von Ännchens Allgegenwart und ihrer bezwingenden Weiblichkeit.

Wo sie ging und stand, da zog es mich hin. Sie war der Mittelpunkt meiner Gedanken, der Stern, zu dem ich aufblickte wie zu einem heiligen Bilde.

Ännchen fühlte das und es entstand allmählich, ohne dass wir davon redeten, ein stilles, geheimes und beglückendes Verstehen zwischen uns, das sich von Tag zu Tag inniger gestaltete. Sie nahm meine stillen Huldigungen gerne entgegen, erwiderte sie mit einem liebevollen Blick ihrer blauen Augen oder einem stummen, heimlichen Druck der Hände. Oh, sie war eine kleine Meisterin in der Sprache der Verliebten!

Wenn wir über Hänge und Gräben sprangen, beanspruchte sie meine Hand viel öfter, als es notwendig gewesen wäre und das Pfänderspiel verstand sie so geschickt zu lenken, dass uns oft eine gemeinsam zu lösende Aufgabe zufiel, die uns wenigstens für kurze Zeit uns selbst überließ. Während nämlich die übrige Gesellschaft in der Stube ihren Richterspruch fällte und die Rollen verteilte für das Sprichwort, das wir zwei, Ännchen und ich, zu enträtseln hatten, standen wir draußen vor der Tür und warteten auf den Hereinruf. Anna stützte den Arm auf meine Schulter, ihre Augen lächelten mich an und schickten eine Welle von Zärtlichkeit mir entgegen, die mich stumm und hilflos machte.

Zu meinem kostbarsten Besitz gehörte eine wunderschöne Schmetterlingssammlung. In 2 Schachteln waren die meisten einheimischen Tag- und Nachtfalter sorgfältig gespannt und aufgespießt und mit Namen und Datum des Fanges beschriftet. Einige waren mir besonders wertvoll, so ein Totenkopf, ein Weidenspinner, ein Schwalbenschwanz und ein Admiral. Für diese Sammlung zeigte Ännchen großes Interesse. Immer wieder musste ich sie ihr zeigen und berichten, wo und unter welchen Umständen ich die einzelnen Stücke gefangen hatte. Dabei beugten wir uns zur Schachtel herab, Strähnen ihres feinen blonden Haares streiften meine Wangen, ihr leiser Atem berührte mein Gesicht und brachte mein Blut in eine seltsame Wallung. In diesen Augenblicken hätte ich ihr meine mühsam zusammengeholte Schmetterlingssammlung mit Freuden geschenkt, wenn sie sie verlangt hätte.

Eines Tages hieß es: Ausflug nach Mühltal. Der Plan wurde von uns allen freudig begrüßt, denn er versprach einen besonders seltenen Genuss. Schon der Weg dorthin war so reizvoll. Er führte erst ebenaus durch die weite Talmulde des Mühlbaches, durch ein einziges, gelb wogendes Meer von reifenden Kornfeldern, wo der rote Mohn blühte, wo die blaue Kornblume und die goldenen Halme hoch über unsern Köpfen zusammenfluteten. Dann gings hügelauf und hügelab durch kleine kühle Waldstücke, an Wiesenhängen und stolzen Bauernhöfen vorbei, die Hügel wurden höher und mannigfaltiger und die Täler tiefer und enger, je näher wir dem gewaltigen Innstrom kamen, der diese Landschaft geformt hat.

Auf dem ganzen Wege war ein stummes Reden zwischen Ännchen und mir. Wir lachten uns zu, drückten uns heimlich die Hände und fühlten beide unsere stille Verbundenheit. Wir betrachteten die verschieden bunten Schmetterlinge, die auf den roten Kleeblüten sich niederließen, die unseren Weg kreuzenden grünschillernden Laufkäfer und die Eidechsen, die starr und steif wie aus Holz geschnitzt auf warmen Steinen sich sonnten.

Es war ein so frohes Wandern und eine so gemeinsame Freude in uns, dass uns der Weg viel zu kurz dünkte.

In Mühltal führt der Schienenweg vorbei, der Mühldorf mit Rosenheim verbindet und auch die Station Soien berührt.

Wir hatten kaum im Gasthaus unseren Durst und Hunger zum Verstummen gebracht, so eilten wir hinüber über den Nasenbach – er hat seinen Namen von den Fischen, die im Frühjahr zur Laichzeit zu Hunderten vom Inn heraufstiegen und hier gefangen wurden – und erwarteten dort beim Bahnwärterhäuschen den Nachmittagszug aus Richtung Gars. Der Anblick eines fahrenden Eisenbahnzuges war für uns Haager Kinder ein seltenes und aufregendes Schauspiel, das wir uns nicht entgehen lassen wollten. Außerdem gab es viel Seltsames zu sehen, das uns innerlich erregte: Die stählernen Schienenbänder, die fremd und eigenmächtig, herrisch und rücksichtslos die geduldige Landschaft zerschnitten, die Schranken, die wie auf Kommando mit übermenschlich langen Armen selbsttätig die Straße sperrten, die beweglichen roten und grünen Signalscheiben und die aufreizenden Glockenrufe, deren Sprache wir nicht verstanden.

Wir hatten uns voll Erwartung auf die Böschung gesetzt, an einer Stelle, wo das Geleise von Norden her eine Kurve beschrieb. Der Bahnwärter trat aus seinem Häuschen und stellte sich mit seinem gelben Horn davor wie ein Posten vor das Schilderhaus, ein sicheres Zeichen, dass der Zug nicht mehr lange auf sich warten ließ.

Jetzt hörte man ihn rasseln. Er musste schon auf der Königswarter Brücke sein. Das Rattern wurde ein wenig schwächer, als ob es sich wieder entfernte, dann schwoll es wieder an ....<< Text nicht erhalten>>...dröhnte mir in den Ohren, dann war der gewaltige Spuk vorbei. Eine mir noch fremde Welt war vorübergebraust, die meine Gedanken und Wünsche mit fortriss in die Ferne und mich Kusine Anna auf eine Weile vergessen ließ.

Aber sie führte mich mit sanfter Hand wieder zurück in

die Wirklichkeit und wünschte den Hügel zu besteigen, der hinter der Wirtschaft steil und hoch sich erhebt. Von unserer Warte aus konnten wir den schnurgeraden Strich des Schienenweges verfolgen bis hin zur Station Soien und sahen die große Fläche des Soier Sees.

Dann legten wir uns ins Gras und schauten in den Himmel. Es war herrlich, die Phantasie in die Unendlichkeit spazieren zu lassen. Die grünen schlanken Masten der Gräser ragten unbeweglich hinein in das Luftmeer und die Wolkenschiffe, vom unsichtbaren Ruder des Windes gesteuert, schwammen daran vorbei wie große Wattebauschen. Immerfort wechselten sie ihre Gestalt. Bald formten sie sich zu urweltlichen Tieren mit langen Schnäbeln und Saurierflügeln, bald zu gewaltigen Häuptern von Göttern und Riesen, die den Blitzstrahl bargen und die Stimme des Donners, dann wieder bauten sie sich auf zu trotzigen Burgen mit Türmen, Zinnen und Bastionen und dazwischen lag die Himmelbläue wie eine Insel des Friedens. Was mögen dort für Welten leben in jenen unmessbaren Fernen?

Ännchen, die neben mir lag, riss mich aus meinen Träumereien und flüsterte mir ganz unvermittelt ins Ohr: „Du musst mir etwas versprechen. Heute Abend vor dem Einschlafen musst du an mich denken." „Und du?" fragte ich zurück. „Ich, ich werde zu gleicher Zeit an dich denken, dann sind wir beisammen."

Das war nun freilich ein hübsches Spiel, das sie sich ausgedacht hatte. Ich war plötzlich von großer Freude erfüllt und im Übermut sprang ich auf und stürmte den Berg hinunter. Sie lief mir nach. Wir haschten uns an den Händen, ließen uns los und fingen uns wieder. Sie strauchelte, ich hielt sie einen Augenblick umfasst und sie entwand sich wieder, so ging das seligsüße Spiel weiter, bis wir erhitzt unten am Gasthaus ankamen.

Einige Tage darauf, gingen wir gegen Abend hinaus auf den Gidiberg, um das Gebirge anzuschauen. Es stand in seltener Klarheit und Plastik am föhnigen Himmel, eingetaucht in den violettblauen Duft des sinkenden Tages und überglüht von den letzten Strahlen der Sonne, ein Bild von königlicher Ruhe und Würde.

„Sieh dort", sagte Ännchen, wo die große Lücke klafft zwischen den Bergen, dort kommt der Inn heraus aus dem Gebirge, in dieser Richtung liegt Rosenheim. Die große blaue Kuppe rechts davon ist der Wendelstein, daran schließen sich der Heuberg, der Pendling und der Kranzberg, und der zackige hinter der Hochriss das ist der wilde Kaiser."

Ich wusste das alles schon, aber ich hörte gerne ihre ruhige, etwas tiefe Stimme, die mir wie der sanfte Ton einer Glocke in den Ohren klang.

„Schon lange," sagte ich, ihre Gedanken weiterspinnend „schon lange habe ich den heißen Wunsch, die Berge einmal ganz nah zu sehen, oder gar einen besteigen zu können. Wie herrlich muss das sein so auf blauer Höhe zu stehen und die Welt unter ich zu sehen wie der Adler, der in den Lüften kreist.

Zu meinem Schlafstubenfenster schauen sie beinahe jeden Tag herein, bald nah, bald fern, wie mögen sie aussehen, wenn man zu ihren Füßen steht? Wie hoch hinauf wohl Menschen wohnten. Ob man sie auch ohne Weg besteigen könne wie unsern Bergkopf? Ob man droben auf dem Gipfel über die anderen Berge hinwegsehen könne bis nach Italien oder gar bis zur Adria?"

„Du musst heuer unbedingt nach Rosenheim kommen,"

unterbrach sie mich, „meine Eltern freuen sich darauf. Rosenheim ist eine große schöne Stadt, da wirst du staunen und die Berge hast du ganz nahe. Dann fahren wir nach Brannenburg und steigen auf den Petersberg oder auf den Wendelstein."

„Mit ihr," dachte ich und es kam mir mit einem Male in den Sinn, dass wir allein beisammen saßen. Mir war bang und beklommen zumute. Anna merkte das und verstummte. Plötzlich rückte sie ganz nah zu mir her und legte ihre Wangen an die meinen.

Ein heißes Gefühl rauschte in mir auf. Mein Herz pochte stürmisch. Ich wagte kaum, zu atmen und mich zu bewegen aus Furcht, den schönen Augenblick zu stören.

So saßen wir eine Weile, bis die Dämmerung uns nachhause rief. Hand in Hand schritten wir langsam den kurzen Weg zurück.

Dann kam ein abscheulicher Regentag und drängte uns zurück ins Haus und seine Dinge.

Ach, was ist so ein ländliches Haus für ein trautes Nest, wenn die Schutzgeister der Liebe darin huscheln und jede Stube und Kammer, jede Nische und jeden Winkel zu einer süßen Heimlichkeit machen.

Über die „Seufzerbrücke", so nannte Ännchen die Bodentreppe, weil sie des Nachts zu ihrem Schrecken oft stöhnte wie ein Schwerkranker oder ein vom schlechten Gewissen geplagter – über die Seufzerbrücke drangen wir hinauf zum Dachboden, und durchforschten die alten Kisten und Kästen, wo liebes Gerümpel und poetischer Plunder aufbewahrt lagen, Waffen und Uniformstücke aus der Zeit der Bürgerwehr, Mantillen und Kapotthüte und dergleichen, und Ännchen setzte sich eine Riegelhaube auf das Haar und mir einen bayerischen Raupenhelm auf den

Schopf, ließ das alte Spinnrad surren und wir waren als „Großmütterchen und Großväterchen" ein glückliches Paar.

Schließlich fanden wir uns alle zusammen zum beliebten Pfänderspiel und Ännchen wusste es so zu deichseln, dass wir beide gemeinsam unsere Pfänder auszulösen hatten und also das Zimmer verlassen mussten, um den Anderen Gelegenheit zur Beratung zu geben.

Wir standen kaum draußen im Gang, da strömte Ännchen über von Zärtlichkeit. Ich wusste nicht wie mir geschah, auf einmal befanden wir uns im Ruaßkammerl, dort wo die schwarzen Besen, Leitern und Seile hingen und die gespenstischen, toten, steifen Kaminkehrergewänder von den Wänden drohten. Aber ich sah sie nicht, für mich war das Ruaßkammerl in einen Himmel verwandelt, mit tausend leuchtenden Sternen.

Wir setzten uns auf die Hühnersteige und Ännchen schlang ihren Arm um meinen Nacken. Ich saß stumm und willenlos und das Herz pochte mir zum Zerspringen. Ihre körperliche Nähe, der leise Hauch ihres Atems und die Wärme ihrer jungen Glieder ließ ein heißes Gefühl in mir aufrauschen, das mir fast die Besinnung raubte.

Die Gickerl unter uns verhielten sich ganz still, als verstünden sie die Feierlichkeit dieser Stunde.

Jetzt wendete Ännchen ihr Gesicht mir zu und wie von selbst berührten sich unsere Lippen. Ich fühlte die ihrigen wie das besonnte und betaute Flügelpaar eines Falters und sah, in dem dämmrigen Lichte ihrer Augen suchend, eine rote Blutwelle ihr Gesicht überglühen. Da versank ich in eine traumhafte Unwirklichkeit.

„Du musst mich liebhaben", flüsterte sie und ihre Stimme klang gepresst. Die Worte flatterten ihr wie scheue Vögelchen vom Munde. Ich wollte ihr sagen, wie gern ich sie hätte, kam aber auch diesmal nicht mehr dazu, meine Liebeserklärung herauszustottern. Die Tücke des Objekts schaltete sich wieder einmal in boshafter Weise ein und störte die Kreise unsrer Herzen. Eine Hühnersteige ist keine Liebeslaube, das hätten wie schon wissen können. Sie begann plötzlich zu schaukeln, neigte sich entschlossen nach Ännchens Seite und knickte, die Gickerl unter sich begrabend, mit einem lauten Krach zusammen. Noch einige wehleidige Schreie der unglücklichen Opfer unter uns und dann war alles aus.

Zu Tode erschrocken rappelten wir uns auf, der Lärm rief die Pfändergesellschaft herbei und die ganze Katastrophe wurde offenbar. Natürlich konnten wir unsere Missetat nicht verleugnen, aber seine amourösen Hintergründe blieben unser süßes Geheimnis.

Ich nahm die Schuld auf mich und empfand eine große Genugtuung darüber, dass ich Ännchen meine ritterliche Gesinnung hatte zeigen können. Meine Mutter zankte mich heftig und mein Vater versetzte mir ein paar saftige vor die Ohren. Nun, ich nahm sie als Buße für den Hühnermord, als Opfergabe meiner ersten großen Liebe. Ännchen wusste das wohl zu würdigen und belohnte mich, wie eben edle Frauen zu belohnen pflegen. Ihr Kuss war mir eine seelische Wegzehrung für die Zeit der Trennung, denn Ännchen musste in einigen Tagen wieder nach Hause und mein schon geplanter Besuch bei Onkel und Tante in Rosenheim schien durch die Gickerlgeschichte sehr gefährdet.

Zum Abschied gab es ein ausgiebiges Hühnerragout, dann begleiteten wir Ännchen, unser Bäschen hinunter zum Greißl, wo schon die Postkutsche auf sie wartete.

Ich kämpfte mit den Tränen, als ich ihr zum Lebewohl die Hand in den Wagen reichte. Noch einmal winkte ein weißes Taschentuch aus dem Wagenfenster, dann entschwand die Kutsche hinter der nächsten Straßenbiegung.

Ich aber trug mein übervolles, aufgewühltes Herz hinein ins „Ruaßkammerl", das für mich nun eine trauliche Stätte geworden war, setzte mich auf die wieder zusammengefügte Hühnersteige und träumte von Ännchens Pfirsichwangen und Rosenlippen.

Reise nach Rosenheim

Etwa acht Tage später kam ein Brief aus Rosenheim, worin Ännchen meinen Eltern dankte für die „unvergesslich schönen Tage, die sie in Haag verleben durfte", und hinzugefügt war eine Einladung von Onkel und Tante an mich zu einem Gegenbesuch.

Ich kann nicht beschreiben, mit welchen Festgefühlen ich den Postwagen bestieg und wie lieblich mir das Ächzen des gelben Kastens, das Knarren der Räder und das Getrappel der Pferde in den Ohren klang. War doch das Ziel meiner Reise jene Welt, die schon in den frühesten Tagen meiner Kindheit Inhalt meiner Sehnsucht war, die Berge, die herrlichen Berge, die ich fast täglich vor Augen hatte in immer wechselnden Bildern, im verblauenden Duft der Sommertage, im Schneekleid des Winters, im Glühen der Abendsonne oder in der entschleiernden Klarheit des Föhns.

Und war es doch jene Welt, in der Ännchen lebte und atmete, Ännchen, mein liebes und geliebtes Bäschen.

Die treue Postkutsche trug mich, von der kurvenreichen, auf- und abschwingenden Wasserburger Strasse abzweigend, durch eine schnurgerade, mäßig sich senkende Pappelallee, am Silberspiegel des großen Soiersees vorbei zur Station Soien.

Ich hatte die idyllische Postkutschenfahrt noch im Gemüte, da brauste er auch schon herein, ein zischender, rauchender, Feuer und Rauch speiender Lindwurm mit hundert gläsernen Augen, eisernem Nacken und Pranken aus Stahl, die er zornig hin und wider stieß, als wollte er alles zermalmen, was ihm in den Weg kam.

Seine Gewalt bestürzte mich so, dass ich das Einsteigen vergaß und vom Zugführer erst mit einem sanften Schwunge in ein Abteil hineinbefördert werden musste. Hier erkannte man mich mit meinem aufgeregten Getue sogleich als Neuling auf der Eisenbahn und überließ mir freundlichst einen Fensterplatz.

Und nun geriet das Untier in Raserei. Der Bahndamm verwandelte sich in einen stürzenden Gießbach, die Telegrafenmasten schatteten mit einem drohenden Husch am Fenster vorüber und die Wiesen und Wälder, Wege und Stege draußen rollten und kreisten vorbei in einem verhexten Karussell. Dazu takten die Räder in immer gleichen Schlägen. Näher und näher rückten die Berge und höher und höher wuchsen ihre Gipfel. Tausend Augen und tausend Sinne hätten nicht ausgereicht, die Eindrücke alle aufzunehmen, die auf mich einstürmten.

Als plötzlich links und rechts viele Geleise erschienen, an denen Berge von Kohlen, Brettern, Baumstämmen, Eisenrohren und Säcken aufgestapelt lagen, da wusste ich: Jetzt fahren wir in die Station Rosenheim ein. Wägen rasselten, Glocken schrillten, Stimmen riefen und aus dem Wirrsal der vielen Menschen, die herumstanden, lachten und schwatzten oder mit aufgeregten Gesichtern scheinbar sinnlos hin und her hasteten, tauchte plötzlich Ännchens lachendes Gesicht auf wie ein rettendes Inselchen in der Flut von Geschehnissen.

Ännchen, mein liebes, geliebtes Ännchen!

Nun stand sie leibhaftig wieder vor mir, ich konnte ihr in die blauen Augen schauen und ihre weißen, weichen Hände schütteln und eine große Freude war in mir.

Ännchen war hübscher als je, doch konnte ich das Gefühl nicht ganz zurückweisen, als wäre sie mir ferner gerückt. Als wäre ihr einfaches, dem Innigen zugeneigtes Wesen, das in dem schlichten und begrenzten Rahmen unseres Hauses sich für mich so beglückend entfaltet hatte, gefangen gehalten von der Unrast des städtischen Lebens. Vielleicht war es auch irgendetwas anderes, das sie zurückhaltender sein ließ, etwas, von dem ich nichts wusste. Vielleicht dachte sie von mir: Mein Gott, was ist er für ein unbeholfener Bauernbub! Und was trägt er für einen komischen schwarzen Hut auf dem Schopfe! Der „Vetter vom Lande" lugte mir wohl aus allen Knopflöchern. Dessen wurde ich mir erst bewusst, als ich, leise befangen, neben Ännchen die Bahnhofstrasse stadteinwärts wanderte. Feine Herrchen flanierten da herum mit gebügelten Hosenbeinen und bunten, schief sitzenden Studentenmützen. Dagegen konnten mein braunes, bäuerlich zugeschnittenes Gewand und mein runder schwarzer Hut, den ich von der Firmung her noch gerettet hatte, freilich nicht aufkommen. Und wie waren sie keck, diese Jünglinge und warfen Ännchen, dem schönen Stadtkind, bewundernde Blicke zu, die sie, wie mir schien, nicht ungern in Empfang nahm.

Dann gingen wir in die Stadt. Das Klepperhaus, dessen Name dank des unternehmenden Kaufmannsgeistes seines jetzigen Besitzers später zu einer Weltfirma sich entwickelte, steht inmitten der Stadt, am nüchternen, baumlosen Maxplatz, drei Stockwerke hoch, mit flachem Dach und Laubengang nach der südländischer Art erbaut, die allen Innstädten das Gepräge gibt.

Dort betrieb mein Onkel Johann Klepper eine große Schneiderei mit einem Dutzend Gehilfen und ein Ladengeschäft für Herrenbekleidungsartikel. Jahraus, jahrein, vom frühen Morgen bis zum späten Abend stand er, abseits von Licht und Luft, ganz eingesponnen in seine kaufmännischen Arbeiten und geschäftlichen Sorgen, in seinem dunklen Verkaufsraum, dem die vorgebaute Laube jeden Sonnenstrahl verwehrte und der durch die braunen und grauen Stofftürme an den Wänden noch mehr verdüstert wurde.

Ich sah ihn kaum hinter seinem Warengebirge und sein Willkommen war kurz und flüchtig. Sein Gemüt erwachte immer erst abends, wenn er, wie das regelmäßig geschah, einen Apfel mit uns aß und ein Gläschen Kräuterlikör dazu trank. Dann zeigte sich heiter, froh, aufgeschlossen und konnte sich Tränen in die Augen lachen über meine dummen übermütigen Witzchen und Späßchen. Und er rühmte mit Bürgerstolz die Vorzüge seiner Heimatstadt, insbesondere die herrlichen Mangfallanlagen.

Dunkel wie der Laden war auch das nur von einem Glasdach belichtete Treppenhaus, in dem lange, mit Kübeln belastete Seile hingen, die auf Rollen laufend, zum Hinaufziehen des Wassers dienten. Mich bedrückte dieses dämmrige Licht im Hause und fast beschlich mich ein leises Heimweh.

Die Tante empfing uns lieb und freundlich, aber ihre Art klang um einen Ton schärfer und energischer als die meiner Mutter. Nach einer unruhigen Nacht weckte mich schon frühzeitig der mir ungewohnte Lärm vieler klappernder Tritte und ein hundertstimmiges Gesumse drunten auf dem Maxplatz. Es war Schrannentag und der Platz erfüllt von Bauern und Händlern der Umgebung. Der Ruf des Landes zog mich zu ihnen hinunter. Ich belauschte ihre Gespräche, beäugte ihre Waren und schnupperte den süßen Duft von Gemüse und Obst, der heute noch, wo immer ich ihm begegnete, z.B. in italienischen Städten, ein Erinnern weckt an den Rosenheimer Markttag. Dabei vergaß ich Onkel und Tante, Haus und Frühstück, musste zum Kaffeetisch erst geholt werden und von Seiten der Tante die beschämende Feststellung erdulden, dass ich noch nicht gewaschen und gekämmt sei und wohl erst städtische Sitten lernen müsse.

Ein schmählicher Flecken war vor Ännchens Augen auf meine blanken Ritterschild gefallen, aber sie, die immer Gute, übersah ihn und hatte auch gleich einen Balsam bereit für meine Wunde. Sie nahm mich mit zum Einkaufen, um mir die Stadt Rosenheim zu zeigen.

Die große Pfarrkirche hinter dem Klepperhause, das Warengepränge in den Auslagen der Geschäfte, die glatten Straßen und mehrstöckigen Häuser, die vielen sonntäglich gekleideten, lustwandelnden Menschen, ja, das alles konnte mich Jungen vom Lande wohl beeindrucken, nicht aber Onkels „herrliche Mangfallanlagen" im Süden der Stadt, die irgendein gärtnerischer Ordnungsfanatiker mit Lineal und Meterstab hingezirkelt und zurecht geschneidert hatte wie ein festliches Kleid, das nur zum Anschauen da ist und nicht benutzt werden darf, weil es Schaden leiden könnte. Nein, das war nicht nach meinem Sinn.

Ich war verbunden mit dem ursprünglich Gewachsenen, dem Bauer im Wald, dem Korn im Feld, dem Igel im Garten und dem Wiesel am Steinhaufen, und deshalb fesselte mich viel mehr der gewaltige Inn mit seinen wirbelnden, gurgelnden Wassern, die aus einem mir rätselhaften Born stammend, pausenlos landabwärts sich wälzten, ohne jemals zu versiegen, und die ewigen Berge, die nun unmittelbar vor mir sich türmten und ihre fürstlichen Stirnen und meine heiße Sehnsucht bis zu den Wolken erhoben.

Auf dem Rückwege besuchten wir die „Daumann-Tante". Ihr Haus war Mutters Geburts- und Elternhaus und ihr Mann, Bruder meiner Mutter, Inhaber des Gold- und Silberwarengeschäftes. Nach dessen Tode führte es die Tante weiter mit ihrem Sohn Xaverl, von dem die geschäftstüchtigen Kleppersöhne mit wenig Hochachtung erzählten, er liebe die Weißwürste im „König Otto" mehr als die Arbeit in seiner Werkstatt. Sie mochten nicht unrecht haben, denn das Geschäft kam später wirklich in fremde Hände.

Man sah es der alten Tante an, dass Sorgen und Kümmernisse sie bedrückten, darüber konnte auch Xaverls humoriges Gebaren nicht hinwegtäuschen. Ich trank pflichtschuldigst das Gläschen Wein, das sie mir vorsetzte, aß die Biskuits, die mir nicht schmeckten und war froh, diesen Pflichtbesuch hinter mir zu haben.

Auf unserer Wanderung durch die Stadt war uns – und es schien das kein Zufall zu sein – ein flotter geschniegelter Bursche begegnet, mit grüner Studentenmütze, wie sie damals die Schüler der Präparandenanstalt trugen, hatte vor Ännchen mit schönem Schwung sein fesches Käppi gezogen und sich in ihre Augen verklammert, als hingen sie an einer Angel. Und nun kam er uns auf unserm Rückweg wiederum entgegen. Ich sah ihn schon von weitem daherstolzieren, in gezierter Haltung ein feines Stöcklein schwingend, ein Kavalier vom Scheitel bis zur Sohle. Er grüßte mit noch vertrauterer Geste und drehte die Augen wie ein verliebtes Karnickel. Und Ännchen? Oh, ich bemerkte es wohl: Sie lächelte, dankte mit leisem Kopfnicken und errötete bis zu den Schläfen.

Meine Ahnung hatte mich also nicht getäuscht. In ihrem liebevollen und liebebedürftigen Herzen hatte ein anderer, stärkerer Platz genommen.

Ein Schrecken überfiel mich und das Herz wurde mir schwer wie Blei. Etwas Fremdes hatte sich plötzlich zwischen Ännchen und mich geschoben, etwas feindliches, das meine heiligsten Gefühle antastete und bedrohte. Wie geborgen waren sie doch in meinem schwarzen Kaminkehrerkammerl zuhause! Und wie jäh aufgescheucht von diesem fremden Burschen in dieser fremden Stadt!

Wenn ich jetzt meine Not hätte hinauftragen können auf die Berge! So stand es doch in den Büchern: Auf den Bergen wohnt die Freiheit, da verliert die Seele ihre Erdenschwere und schwingt sich wie ein Aar empor bis zu den Sternen.

Erriet Ännchen meine Gedanken? Oh, sie war nicht nur jung und schön, sondern auch klug und weise. Unvermittelt, aber ruhig und gelassen, als ob nichts geschehen wäre, sagte sie: „So, und nun gehen wir zu Bruder Gustl und bitten ihn, dich mitzunehmen auf einen Berg. Er ist nämlich ein begeisterter Bergsteiger und unglücklich, wenn er nicht jeden Sonntag einen Gipfel bezwingen kann. Vielleicht kannst du morgen schon mitgehen." Diese Verheißung fuhr mir wie ein Blitz in die Seele. Der mützeschwingende Grünspecht rückte auf einmal in nebelhafte Ferne, umso strahlender aber standen die Berge, die herrlichen Berge. Mit Ännchen freilich, das wäre des Glückes zuviel gewesen.

Vetter Gustl, der am Maxplatz, dem Klepperhause schräg gegenüber, ein Hutgeschäft betrieb, war ein gefälliger und fröhlicher Mensch. Das konnte man schon seinem Gesichte ablesen. Er erklärte sich bereit, mich an seiner für morgen geplanten Tour auf die Hochriss teilnehmen zu lassen. Nur mein schwarzer, runder Firmungshut fand keine Gnade vor seinen fachmännischen Blicken. „Mit dem Zylinder kannst du nicht auf den Berg steigen, das ist gegen den Geschmack", sagte er, „wir Bergsteiger sind eine grünlederne Zunft!" Und da ich doch auch ein solcher werden sollte und wollte, schenkte er mir ein keckes grünes Hütchen mit einer langen Fasanenfeder, damit ich gebirglerischer aussehe.

Und so geschah es, dass wir beide, der große und der kleine Gustl, beim ersten Morgengrauen des nächsten Tages auf der Straße nach Törwang hinauszogen, ohne Ännchen zwar, aber ausgestattet mit gewaltigen Bergstöcken, die einem Rübezahl Ehre gemacht hätten, und beschwingt von bergbegeisterten Herzen, die unsere Schritte beflügelten. Mit Stolz trug ich mein fesches Geißbubenhütlein mit der langen, spitzen Fasanenfeder und mit Stolz trug er seine grünbestickte Tirolerhose aus englischem Leder und seine neuen Wadenstrümpfe, die ihm zu weit waren und hartnäckig nach unten strebten.

Der Wunsch meines Lebens also war der Erfüllung nahe. Die Luft war würzig und taufrisch und wir selbst voll Erwartung und Spannung. Noch standen die Berge im Dämmerlicht des anbrechenden Morgens und verbargen ihre Geheimnisse, aber dann begannen die höchsten Spitzen und Kuppen zu erglühen im ersten Strahl der jungen Sonne, tiefer sanken die blauen Schleier zurück in die Schluchten und Täler und enthüllten allmählich die königliche Pracht dieser Welt, ihre sanftblauen, hoch hinaufstrebenden Wälder, ihre felsigen Schrofen und Wände, Zacken und Schründe, ihre weiten frischgrünen Matten und Almwiesen, von denen da und dort Sennhütten herableuchteten wie weiße Sterne. Nach meiner Meinung müssten dort die Jodler hausen und die Zitterspieler in Gesellschaft von Hirschen, Gemsen und Edelweiß, aber Gustls bergerfahrene Auskünfte entsprachen durchaus nicht meinen Vorstellungen.

Jetzt tauchte unser Ziel auf, der flache Kegel der Hochriss. Wie eine Gralsburg strahlte der Gipfel im Lichte der Sonne. Dort oben also wohnte das „reine Glück des Tores??", das wir suchten. Als wir nun endlich zu Füßen des Berges in Grainbach standen, da packte uns das Bergfieber. Weg- und steglos stürmten wir mit dem Drang der Jugend einfach gerade aufwärts. Jeder Kundige hätte uns das Unsinnige dieses Beginnens sagen können, aber uns musste erst die Erfahrung belehren.

Schon bald gerieten wir in einen unwegsamen Wald, der unser Vorwärtskommen mit sperrigen, in großen Mengen herumliegenden Astwerk zu verhindern suchte. Lange, krallige Holzfinger starrten wie Speere uns entgegen und spießten uns ins Gesicht, und zähes Wurzelgewirr im tiefen Moos hielt unsere müden Beine fest mit heimtückischen Schlingen. Nur mühsam, stolpernd und gleitend kamen wir bergauf und ich musste oft meine Hände zu Hilfe nehmen und verwünschte den überflüssigen Bergstock. Dem voransteigenden Vetter Gustl ging es nicht besser. Er hatte es längst aufgegeben, seine eigensinnigen Wadenstrümpfe heraufzuziehen und schimpfte still in sich hinein.

Jetzt querte eine Waldschlucht unsern Weg. Wir rutschten auf dem feuchten Grund hinunter, um auf der anderen Seite wieder empor zu klimmen, aber der Hang wurde steiler und der Boden lockerer, feine Geröllmassen boten unseren Tritten keinen Halt mehr und zwangen uns zu weitem Ausbiegen nach rechts. Wir hatten geglaubt, in einer Stunde den Gipfel erreichen zu können, nun waren wir schon die doppelte Zeit unterwegs, als wir endlich aus dem Wald herausfanden auf einen langgrasigen, trümmerübersäten Hang, dessen oberer Rand von ausgedehnten Latschenfeldern begrenzt war.

Jeder Bergsteiger kennt sie, diese widerspenstigen Zwerge der Nadelhölzer, diese Lianen des Hochgebirges, die ihr Reich gegen jeden Eindringling zäh und verbissen verteidigen.

Warum sollten sie uns gewogen sein! Hier öffneten sie uns eine Gasse und einige Meter weiter verstellten sie uns aufs Neue hartnäckig den Weg mit Stacheldraht und Stolperschlingen. Und wenn wir dennoch eindrangen, schlugen ihre muskelstarken Arme wütend um sich und peitschten uns ihre Nadeln um die Ohren. Das war kein Spaziergang wie ich ihn mir vorgestellt hatte, wenn ich vom Schlafstubenfenster meines Vaterhauses hinüberliebäugelte zur Hochriss.

Endlich standen wir auf dem Rücken des Berges und einige Minuten später am Gipfelkreuz.

In Siegerfreude schwang ich mein grünes Hütchen mit der langen spitzen Fasanenfeder in die Luft, aber der Wind hatte kein Verständnis für meine Gamsgebirggefüh-

le und trug es über ein Felswandl hinab – auf Nimmer-
wiedersehen!

Auch Vetter Gustl war nicht ohne Schaden davonge-
kommen. An seinen Wadenstrümpfen, die ihm auf dem
ganzen Weg schon den Gehorsam verweigert hatten,
gähnten zwei große Risse, und seine grünbestickte Hose
aus englischem Leder, auf die er so stolz war, hatten die
gehässigen Legföhren in eine Schlangenzunge gespalten.

Aber wer hätte jetzt hadern mögen mit dem Schicksal
angesichts der Märchenwelt, die sich unseren Augen öffnete.

Weit und tief unter uns lag in einem Netz von Wegen,
Straßen und Wasserläufen das Land, die Häuser der Sa-
merbergsiedlungen wie mit spielerischen Kinderhänden
hingestellt. Die Bäume klein und zierlich, wie aus einer
Weihnachtskrippe herausgenommen. Frische Holzschläge
da und dort sahen aus, als habe jemand den Inhalt einer
Streichholzschachtel entleert und die Stadt Rosenheim
war zu einem gelblich-grauen Fleck zusammenge-
schrumpft und nur einige Straßenzüge deutlicher erkenn-
bar.

Was wohl Ännchen eben tat? Vielleicht stand sie gerade bei dem Grünbemützten und schenkte ihm ein zärtliches Lächeln aus ihren lieben Augen. Einen Augenblick
lang überschattete eine dunkle Wolke mein Gemüt, aber
der frische Bergwind blies sie schnell wieder hinweg.

Nein, ich war jetzt ein Bergsteiger geworden und der
Firnwind hatte mich geküsst. Weit und fern wie das Land
unter mir lag Liebesnot und –pein.

Gustl unterbrach mein Sinnen. „Schau, dort, wo das
glitzernde Band des Inns nach Norden sich verliert," sagte
er und zielte mit seinem Bergstock in die Ferne, „ganz

draußen am Horizont siehst du das Land wie eine bläulich-graue Wasserwand senkrecht emporsteigen und mittendrin blitzt ein weißer Vogel in der Sonne. Ob das nicht dein Schlossturm ist, von dem du immer so viel zu erzählen weißt!" Ja! Ja! Das war er, das musste er sein. Der Teure schickte mir Heimatgrüße herauf zu meinem heiligen Gralsthron.

Zu unseren Füßen lagen Grainbach, Törwang, Rossholzen und die vielen Einzelsiedelungen des Samerberges. Halbrechts blaute ein ungeheures Zyklopenauge, das war der Chiemsee und näher heran glänzte die schlanke von Wäldern bewimperte Simsseefläche, an dessen Ufern eben die Eisenbahn als schwärzliche, rauchspeiende Raupe entlangkroch.

Von Italien und der Adria war freilich nichts zu sehen, aber der Anblick des unabsehbaren, wildgezackten, in seinen Tiefen aufgewühlten und zu Stein erstarrten Gipfelmeeres, aus dem die Schaumkronen der schneebedeckten Tauern silbern herausleuchteten, war unbeschreiblich großartig und überwältigend.

Gegen Mittag traten wir den Rückmarsch an und als wir in Rosenheim einmarschierten, da klapperte ich meinen Bergstock gewichtig auf das Pflaster, damit alle Leute es sahen und hörten:

„Wir kommen vom Gebirg!"

Während meiner Abwesenheit war Hugo heimgekommenein, Ännchens jüngster Bruder, der Stolz der Familie, der Rechts- und Korpsstudent, der passionierten Fechter, der sein mit Schmissen zerhacktes Angesicht hoch zu tragen wusste. Er entdeckte mich gleich als geeignetes Objekt zur Ausübung seiner adeligen Kunst und just in dem Augenblick, da ich mich anschickte, Ännchen auf ihrem Einkaufsgang durch die Stadt zu begleiten, rief er mich in seine mit studentischen Emblemen, Mützen, Bändern, Schlägern, Bierzipfeln und Coleurzirkeln ausgestattete „Bude", schleppte einen Fechtkorb herbei und stülpte ihn mir über den Kopf und sperrte so mein freiheitstrunkenes Berglerherz in diese hässliche, unwürdige Mausefalle.

„Brauchst dich nicht zu fürchten", sagte er, „es geschieht dir nichts". Als ob ein Bergsteiger, der mit den Gewalten der Natur gekämpft, vor Menschen sich fürchten würde!

Dann nahm er sein Rapier von der Wand, zog sich Fechterhandschuhe über, machte ein paar heftige Luftstöße aus seiner dicken Nase, gab seinem Körper eine kämpferische Pose und schlug seine Terzen und Quarten auf mich ein, dass die Funken stoben. Mein Bergsteigerstolz schwankte und geriet in Gefahr, von Hugos Fechtleidenschaft zerschlagen zu werden. Ich wünschte den feinen Jüngling mit der grünen Mütze an meine Stelle, aber ohne Visier.

Da ich bei den ersten Schlägen zurückzuckte, schalt er mich feige und sagte, ein richtiger Studiosus dürfe auch ohne Visier nicht zurückweichen und so fühle ich mich an der Ehre gepackt und hielt geduldig und tapfer aus, obwohl ich jeden Schlag auf den Korb unangenehm empfand und allmählich taumelig wurde. Fast eine halbe Stunde dauerte diese Prozedur. Sie wiederholte sich nun täglich nach dem Frühstück und verhütete dadurch eine feindliche Auseinandersetzung Bergstock contra Studentenmütze. Und das war gut so. Im Übrigen erwies sich Ännchens Rezept als ein heilsames Tränklein. Das erste große Bergerlebnis erfüllte mich ganz und gar und drängte das Bildnis des Mützenträgers in den Hintergrund.

An den folgenden Nachmittagen wanderten wir Kinder oft hinaus aus der Stadt, nach dem lieblichen Landl, Westerndorf, Stephanskirchen oder zum Flötzinger Keller, aber die innige und selbstverständliche Gemeinsamkeit, die in Haag die Familie und ihre Gäste zusammenschloss, war hier nicht gegeben, das Geschäft und die Stadt beanspruchten erweiterte Pflichten, die störend in unser Zusammenleben hineingriffen. Das empfand auch Ännchen.

Je näher die Stunde der Heimreise rückte, desto sehnsüchtiger eilten meine Gedanken heimwärts zum grünen Schlossberg mit seinen Büschen und Bäumen, dem treuen alten Turm, dem väterlichen Bewacher meiner Jugendjahre, nach meinen Schmetterlingen, nach meinem „Ruaßkammerl", nach allen Stätten und Winkeln, die meine Kindheit umschlossen.

Die Stadt Rosenheim gefiel mir immer weniger. Die hohen, steinernen Häuser wurden mir zu Gefängnismauern und das düstere Kleppergebäude zu einer Gruft, darin ich verkümmern zu müssen glaubte in Sehnsucht nach der Freiheit meiner Heimat und ihrem lebendigen Hauch.

Den blonden Mützenträger mit dem eleganten Spazierstöckchen bekam ich nicht mehr zu Gesicht und mein Verhältnis zu Ännchen verwandelte sich wie von selbst in eine gute Kameradschaft.

Sie küsste mich herzlich beim Abschiednehmen und wir besiegelten das mit einem Freundschaftsbund, der ein ganzes Leben lang durchhielt. Oft in späteren Jahren, da Ännchen längst Frau und Mutter geworden war, versicherte sie mir, dass meine Treue ihr ein Bedürfnis und Stück ihres Lebens geworden sei, und dass die gemeinsam verlebten Ferientage bei der Tante Lene in Haag und bei ihr in Rosenheim zu den schönsten Erinnerungen ihrer Jugend zählten.

Und als ich dann wieder zuhause war und Mutter mich fragte, wie es mir in Rosenheim gefallen habe, konnte ich nur antworten wie jener Lenggrieser Bauernbub, der nach seiner Rückkehr von einer Floßfahrt nach München von seiner Mutter im gleichen Sinne befragt, erwiderte:

„Am schönsten, Mutter, ist's doch daheim!" -- Und in den Bergen, dachte ich, aber ich sprach es nicht aus.

Der Abschied

Dieses „Daheim" empfand ich am stärksten, als ich Abschied nehmen musste von den Tagen und Stätten meiner Kindheit, von den Menschen und Dingen meiner Heimat, die mir teuer waren, von Freunden und Kameraden. Still und mit zwiespältigen Gefühlen schlich ich am Tage vor meiner Abreise im Hause herum, betastete die Plätze und Gegenstände mit Augen und Händen und hielt stumme Zwiegespräche mit ihnen.

In einer dunklen Nische unter der Treppe hatte ich meine Kostbarkeiten verstaut. Da lagen die zwei Pappschachteln mit der geliebten Schmetterlingssammlung, darinnen für mich nicht bloß herrliche, bunte Falter eingeschlossen waren, deren Anblick das Auge erfreuen konnte, sondern eine Welt von spannenden und aufregenden Erlebnissen in Wald und Flur und Wiese und Bach, Erlebnisse, die nur ich allein kannte und von denen niemand anderer etwas wusste. Nun, von morgen ab würden diese zarten geflügelten Geschöpfe der Sonne einsam und verlassen in ihren dunklen Särgen dämmern wie in Gräbern, denen niemand mehr nachtrauert, kein Mensch würde ihnen Aufmerksamkeit schenken und sie liebevoll betrachten.

Da lag der Anker – Bausteinkasten mit glatten gelben vierkantigen Balken und Platten und runden Säulen, roten Tor- und Fensterbögen und blauen Dachspitzen und Kuppelteilen. Wie oft habe ich an langen Winterabenden und grauen Sommerregentagen romantische Dome und Brücken, Renaissancepaläste und vornehme Landhäuser damit aufgebaut nach Grundrissvorlagen oder lieber noch nach eigener Phantasie, die die Möglichkeiten des Bauens erweiterte und steigerte. Nun musste schon Bruder Rudolf sich ihrer annehmen, wenn sie nicht ihr Dasein zwecklos vertrauern sollten im alten Schrank unter der Stiege.

Da lag das Werkzeugbrett mit Hammer und Säge, Bohrer und Zange, Stemmeisen und Schraubenzieher für meine Basteleien und hier die Bücher, meine geliebten Bücher. Schilderungen abenteuerlicher Fahrten eines Bleichgesichtes, das sich Lederstrumpf oder Falkenauge, Pfadfinder oder Wildhüter nannte und dessen zielsicheres langes Feuerrohr immer und überall siegte, wo rote Apachenhäuptlinge oder wilde Huronnenstämme das Kriegsbeil ausgegraben hatten.

Und hier die rührenden und romantischen Christoph und Schmid'schen Rittergeschichten, die von nächtlichen Überfällen in dunklen Wäldern erzählten, von schaurigen Verliesen in Burgtürmen, von verkleideten Pilgrimen, edlen Ritterfräuleins und kühnen Rittern.

Und hier das Buch aller Bücher, der Robinson. Die Darstellung von seinem Ringen um die einfachsten Bedürfnisse des Lebens, um die Befriedung von Wohnung, Kleidung und Nahrung kam meinen Knabenträumen mit vollen Segeln entgegen und ich empfand es unbewusst, der Kampf dieses Einzelnen war die Schicksalsgeschichte des ganzen Menschengeschlechts.

Einmal bauten wir eine Robinsonhütte in das Geviert von Fichtenstämmen draußen bei der großen Sandgrube am Bergkopf, richteten ein Mooslager hinein, schnitzten uns Bogen und Pfeile, und wenn dann die Kartoffel brieten in der Glut des Feuers, das wir gegen das strenge Verbot der Haager Obrigkeit entfachten und die Friedenspfeife rauchte in Gestalt von spanischen Röhrl, dann umfing uns der ganze Zauber fremdländischer Welt und wir waren nicht mehr alberne Haager Schuljungen, sondern der Robinson und der Freitag selber und das Rauschen des Waldes umbrandete unsere einsame Insel wie das Wellengewoge der Südsee.

Nun ja, jetzt war das Spiel mit dem Leben zu Ende, morgen begann der Ernst des Daseins.

An der rückwärtigen, dem Garten zugewandten Giebelseite des Hauses hatte der Vater vor Jahren zwei Weinstöcke setzen lassen, die nun im Laufe der Zeit, mit ihren feinen Rankenfingern an kleinste Mauervorsprünge sich klammernd, bis zum ersten Stock heraufgeklettert waren und das südliche Fenster unseres Schlafzimmers mit grünen Blattgewirr umsponnen hatten.

Dorthin setzte ich mich, ließ die Schatten seiner Zweige und Blätter mir ins Gesicht spielen und schaute wie aus einer Laube hinaus auf die Winkel und Orte, die meine Kindheit so heimlich und wunderbar gemacht hatten.

Ich sah hinab auf das Dach der Holzlege, wo das grüne Zelt des Hollunderstrauches noch höher und geräumiger emporgewachsen war, und blickte hinauf zum alten Schlossgemäuer, wo die Stachelbeerstauden der Brunnerin mir jedes Jahr getreulich ihre Früchte herausgereicht hatten durch die Zaunlücken. Dort drüben im Hofgarten stand die alte mächtige Linde, in deren Stammgabel ich oft gesessen und das gewaltige Schnauben des Föhnsturmes über mich hinwegbrausen ließ, der Gidiberg grüßte herunter mit der großen Eiche und der so trauten Bank darunter und in der Ferne wölbte sich die runde, blaue Kuppe des Wendelsteins in den Rahmen meiner Fensteraussicht.

Das alles sah ich heute zum letzten Mal, morgen schon war ich unterwegs in ein andres Land, der Strom des Lebens trug mich an neue unbekannte Gestade, von denen ich nicht wusste, wie sie sich entfalten würden. Es beschlich mich ein banges Gefühl des Unwiederbringlichen.

Das also war der Abschied von Kindheit und erster Jugend.

Ich hatte eine unruhige Nacht. Traumgestalten einer Geschichte, die ich irgendwann und irgendwo gelesen hatte, „die letzte Nacht im Elternhause" griffen in wirren Bildern in meinen Schlummer, und ich war froh, als am nächsten Morgen die Abschiedsstunde schlug.

Der Vater, meine Schwestern und mein jüngster Bruder standen vor dem Haus und winkten mir nach, als ich mit meiner Mutter, das Handwerksburschenränzel des Vaters auf dem Rücken, am Haus der Heber Nanni vorbei das Schloßimmerlbergl hinunterschritt.

Ich schaute noch einmal um, der Belli stand zwischen uns, unschlüssig darüber, ob er beim Hause bleiben oder uns folgen sollte, und dann zerdrückte ich leise eine Träne zwischen den Lidern.

Der Omnibus führte uns hinaus auf die Straße nach Dorfen. Von hier aus sah man die andere Seite des Schlossberges. Das Vaterhaus blieb verschwunden, aber der alte treue Schlossturm grüßte noch lange durchs Wagenfenster zu mir herein, als wollte er mir alle guten Wünsche mit auf den Weg geben, dann aber verschwand auch er hinter der Wölbung eines Hügels.

Das Tal meiner Jugend war endgültig hinabgesunken in das Meer der Vergangenheit.

Haag, Obb.

Abb. 24: Rund um den Schloßturm